누구도
빼앗지 마라

누구도
빼앗지 마라

재일 한국인 **원폭 피해자**와
고향을 지키려는 **사람들의 삶과 기억**

반딧불이의 마을을 빼앗지마라

오우라 후미코 단편소설 ── 전은옥 옮김

책숲

저자의 말

그 사람들의 삶과 기억과 이야기

저는 지금까지 원폭 피해를 주제로 한 작품을 여러 편 써 왔지만, 원폭 피해자는 아닙니다. 일본 사세보시에서 태어나고 성장하여, 그 지역의 방송국에 입사해 편성, 보도, 영업 부서에서 일했습니다. 그리고 마흔 살에 나가사키로 전근을 온 뒤로 저에게 원폭 피해자의 존재가 가깝게 다가오게 되었습니다. 많은 직장 동료가 원폭 피해자이거나 2세였기 때문입니다.

생각해 보면 저도 세 살 때 사세보 대공습으로 도망을 다닌 경험이 있어, 전쟁이나 핵의 존재에는 강렬한 위화감을 가지고 있습니다. 중학생 때는 웅변대회에 나가 "인간이 똑같은 인간을 죽이는 원폭을 어째서 만드는 것일까요?"라고 호소한 적도 있습니다.

저는 나가사키 폭심지 공원(爆心地公園)에 갈 때마다 항상 궁금한 것이 있었습니다. 구석진 곳에 '나가사키 원폭 조선인 희생자 추도비(長崎原爆朝鮮人犧牲者追悼碑)'가 세워져 있고, 게시판에는 "원폭으로 2만 명이 피폭되었으며 약 1만 명이 폭사했다"고 쓰여 있는 것입니다. 어째서 이토록 많은 조선인이 희생된 것일까 하는 의문

5

이 들었습니다. 알아보니 나가사키시와 그 주변에는 당시 3만여 명이나 되는 조선인이 있었고, 미쓰비시 계열의 조선소와 병기 공장, 탄광 등에서 강제로 일을 했으며, 주변에서 터널 굴착이나 댐 공사에도 동원되었다는 것입니다. 일본을 겨냥한 원폭에 조선인들도 희생당했다고 생각하니 가슴속에 넘쳐흐르는 것이 있었습니다. 조선인 원폭 피해자에 대해 더 알고 싶어 나가사키역 근처에 있는 작은 평화자료관을 방문했습니다.

그곳에는 메이지유신 이래 일본이 벌인 전쟁의 발자취가 사진과 함께 전시되어 있습니다. 사진을 바라보는 것 자체가 괴로울 정도의 내용이었습니다. 하지만 이러한 가해의 역사를 무시한 채 일본인의 원폭 피해만을 강조한다면 다른 나라 사람들에게는 충분히 공감받지 못할 거라고 생각했습니다.

또 이 자료관에는 군함도라 불리는 하시마(端島)의 탄광에서 일했던 사람들의 자료도 있어, 원폭 피폭 이전에 당시 일본의 식민 지배에 있었던 조선인이 얼마나 가혹한 상황에서 혹사당했는지를 짐작할 수 있었습니다.

때마침 그곳에서 통역 안내를 맡은 퇴직 영어 교사나 견학 온 한국인 대학생과 대화를 나눈 것이 단편 소설 〈증언자〉의 출발점이었습니다.

가능한 한 많은 자료를 읽고 하시마와 원폭자료관, 이나사산(稲

佐山) 공원으로 발걸음을 옮겨 강제 동원된 조선인 노동자들의 모습을 쫓아가 보려 했습니다. 그리하여 초점을 맞춘 것이 열네 살 때 강제로 일본에 끌려와 미쓰비시의 하시마 탄광에서 일했던 경상남도 출신의 남성 서정우 씨의 이야기입니다. 서정우 씨는 자신의 경험을 증언할 때면, "원폭보다 민족 차별이 더 무서웠다"고 말했다고 합니다. 그렇게 말한 까닭은 무엇일까? 그 이유를 알고 싶었습니다. 취재를 시작하고 3개월 정도 만에 글을 썼기에 부족한 곳이 많겠지만, 책을 펼쳐 읽어 주시면 감사하겠습니다.

함께 수록된 〈이시키강 강변(石木川の畔り)〉은 반세기 전부터 계속되고 있는 댐 건설 반대 운동을 소재로 한 작품입니다. 사람이 살며 생활하고 있는 장소를 일방적으로 빼앗는 것은 인권을 짓밟는 행위로서, 결코 남의 일이 아닙니다. 지금 이 순간에도 온몸을 던져 공사 현장에서 시위를 하며 저항하고 있는 주민들의 입장에 서서 그 마음을 느끼고 싶습니다.

오우라 후미코

• **일러두기**

1. '재일(在日)'은 일제 식민지 시기부터 생계와 강제 동원 등으로 일본으로 건너가 살았
   거나 그 부모 밑에서 태어나고 자란 재일조선인과 재일한국인을 가리키는 말입니다.
   '재일동포', '재일코리안' 등으로도 불리지만, 일본과 재일코리안 사회에서 이미 고유명
   사처럼 자리잡은 역사적 용어 '자이니치'로 번역하였습니다.

2. 원문에서는 한반도에 있는 나라에 대하여 한국·조선(조선민주주의인민공화국의 줄임말)
   으로 표기하고 있습니다. 이는 문맥에 따라 남북한 또는 (일본 입장에서) 이웃 나라로
   옮겼습니다.

3. 원문에서는 일제에 의한 조선인 강제 동원 피해자에 대하여, '강제 연행', '연행', '징
   용', '징용공' 등의 용어가 혼용되어 사용되고 있습니다. 자료를 직접 인용하는 부분에
   서는 원문 표기를 살리되, 나머지는 우리말에서 더 자연스럽고 익숙한 '강제 동원'으
   로 옮겼습니다.

4. 본문의 주는 옮긴이의 주입니다.

차 례

증언자

나가사키 재일 한국인 원폭 피해자

1

장마가 걷히고, 여름이 시작되었다. 싱그러운 녹나무의 푸른빛
에 시선을 빼앗긴 채 비탈길을 오르니, 온 동네가 떠나갈 듯한 매
미 소리가 마쓰야마 에이지를 압도한다. 세 갈래 길에서 붉은 벽
돌로 쌓아 올린 돌담길을 따라 조금 더 가니 언덕 위에 외국의 수
도원을 연상하게 하는 하얗고 튼튼하게 지은 남학교 세이보학원
이 있다. 에이지는 세이보학원에서 비정규 교사로 올봄부터 일주
일에 세 번 영어를 가르치고 있다. 교문으로 들어서자 연보랏빛
꽃이 핀 멀구슬나무가 그윽한 향기를 내뿜으며 맞이해 주었다.

복도를 지나 교무실로 가는데 호카오 쓰네오가 식당 쪽에서 걸어
오며 말을 걸었다. 호카오는 사회과 교사이며 중간 키에 동안이다.

"야, 이거 3일만인가요? 오늘이 유영수 어르신의 증언을 듣는 날인데, 참석해 줄 거죠?"

깊은 곳에서부터 빛이 나는 듯한 저 웃음은 어디에서 오는 것일까. 에이지는 호카오를 정말 부럽다는 듯 바라보며 대답했다.

"아, 그렇지요? 참석할게요."

"그럼 혹시 기록을 맡아 줄 수 있나요?"

"메모를 하면 되는 거죠? 할게요."

에이지는 선선히 떠맡았다. 그러나 솔직히 마음이 내키지는 않았다.

나가사키에 산 지 아직 몇 개월밖에 지나지 않았지만, 나가사키는 원폭 피해자*와 원폭 피해자 2세가 많은 탓인지 평화 운동에 열심인 사람들을 여럿 보았다.

비뚤어진 생각일지 모르겠으나 에이지는 그 어느 쪽에도 속하지 않은 다른 지역 사람이라 이따금 외부인처럼 느껴질 때가 있었다. 더구나 오늘은 호카오가 고문을 맡은 연극부 학생들이 원폭 피해자의 이야기를 다룬 연극 대본을 짜기 위해 공부를 하기로 했고, 한국인 원폭 피해자를 초대했다.

---

* 일본과 전쟁 중이던 미국이 1945년 8월 6일과 9일 일본 히로시마와 나가사키에 각각 투하한 핵무기 원자폭탄에 피폭된 사람을 가리킨다. 일본인 뿐 아니라, 당시 히로시마, 나가사키에 있던 조선인(한국인)과 중국인, 외국인 포로도 피폭되었다.

"피폭 후 반세기 이상이 지났지만 그다지 알려지지 않은 한국의 원폭 피해자 이야기를 듣고 싶습니다."

대본 창작에 열심인 연극 부장을 맡은 시라이시 료가 한국인 원폭 피해자 유영수를 추천했다.

여기에는 사연이 있다. 해마다 연극부는 남학생들끼리 공연을 할 수 있는 작품을 선택하는 데 애를 먹었다. 이때 시라이시가 직접 대본을 써 보겠다고 나섰다. 시라이시는 원자폭탄의 폭발 중심지인 우라카미(浦上)에서 나고 자라 원폭과 전쟁이 머리에서 떠나지 않는 학생이었다. 그래서 요즘 언론에 자주 나온 유영수에 주목한 것 같았다. 유영수는 나가사키항(長崎港) 앞바다에 있는 군함도, 즉 하시마(端島)* 탄광으로 강제 동원되었고, 몇 개월 뒤에 미쓰비시 조선소로 배치되어 뱃도랑에서 작업을 하다가 원자폭탄에 피폭되었다. 유영수는 거기서 그치지 않고 원폭 희생자의 유해 수습에 동원되어 폭발의 중심지로 들어갔다.

호카오가 처음 에이지에게 이 이야기를 했을 때, 조금 망설이며 말했다.

"학생들에게 끌려가다시피 참여하긴 했지만, 원폭이란 건 늘 생생하면서도 익숙해지질 않아요. 특히 이 지역에서는 다루기 힘들

---

* '군함도'라는 별명으로 불리는 무인도. 19세기부터 탄광 산업으로 번영했으며, 20세기 초에는 바다 밑에 있는 탄광에서 석탄을 채굴하기 위해 조선인과 중국인을 강제 동원했다.

다고 할까, 마음에 걸리는 거예요. 그렇지만 학생들의 자주성을 존중하고 싶어서 연출도 그냥 학생들에게 맡기려고요."

그런데 사흘도 지나지 않아 여기에 푹 빠졌는지 눈빛이 달라져 있었다. 교무실 창가 쪽에 마주 보고 앉는 자리라서 호카오의 표정이 잘 보였다.

"이거 참, 난처하게 됐어요. 여자 역활을 할 사람이 한 명 필요해요."

어쩐지 호카오는 안절부절못하는 모습이었다. 학생들이 쓴 대본에 여자가 한 명 등장한다고 했다. 꼭 있어야 하는 중요한 역할이라 가까운 여학교에 도움을 청했다. 여학교에서는 취지는 알겠지만 밤에 연습하는 것은 곤란하다고 거절했다. 어쩔 수 없이 연극부원 중 한 사람에게 여자 역할을 맡기려 했으나 마땅한 사람이 없었다. 그래서 시라이시가 눈여겨본 사람이 바로 신임 영어 교사인 마쓰야마 에이지였다.

"그러니까, 마쓰야마 선생님 당신이에요. 장난꾸러기들에게 놀림을 당하면 얼굴을 붉히는 모습도 귀엽고 목소리도 부드럽잖아요. 애들이 마쓰야마 선생님이 맡아 주시면 좋겠다고 했어요. 어때요? 도와주지 않겠어요? 저도 부탁합니다."

에이지는 이 말을 듣자마자 절대 안 된다고 펄쩍 뛰었다. 자신이 왜 그런 것까지 해야 하는지 알 수 없었다. 시라이시가 맡으면 되지 않느냐고도 말했다. 덧붙이자면 시라이시는 살결이 하얗고 예쁘게 생긴 남학생이다. 그러나 호카오는 좀처럼 물러서지 않았다.

대본에 등장하는 여성은 유곽에서 일하는 조선인 접대부인데 바다에 몸을 던지려고 방조제에 올랐을 때, 주인공인 조선에서 강제 동원된 노동자를 만나 이야기를 주고받는 역할이다. 고향을 그리워하며 둘이서 동요를 부르는 장면도 있다.

시라이시는 키가 180센티미터나 되고 근육질이라 여자 역할이 어울리지 않는다. 에이지는 호카오의 설명을 듣는 동안 점점 마음이 움직이기 시작했고, 결국 부탁을 받아들이고 말았다. 지금까지 에이지는 이웃 나라인 한국에 대해서는 거의 아는 것이 없었고 오히려 알 수 있는 기회가 와도 피하곤 했다. 하지만 이참에 이웃 나라의 역사를 배워 보는 것도 괜찮겠다고 생각했다.

그날 저녁, 유영수는 깎아 올린 머리에 양복, 넥타이까지 갖춘 정장 차림으로 왔다. 몸집이 작고 말랐지만 얼굴은 컸다. 넓은 이마에 움푹 들어간 눈, 야무지게 생긴 입매 덕분에 기가 세 보이기도 했다.

"저는 한국 경상남도에서 태어났습니다. 열네 살 때였습니다. 밭에서 보리밟기를 하고 있는데, 알고 지내던 면사무소의 서기랑 순사가 와서, '너 일본에 가는 거다.'라고 말하며 억지로 트럭에 태워⋯⋯."

유영수의 열정적이고 힘찬 목소리에는 고향에서 쓰던 말투가 남아 있었다. 에이지는 주눅이 든 채 손에 들고 있던 노트를 펼쳤다. 이날 유영수가 한 증언의 주요 내용이다.

하시마 탄광에는 300명이 강제 동원되었다. 그중에는 한 살 위의 고향 친구도 있었다. 친구는 산속으로 도망쳤지만 결국은 붙잡혀 트럭에 실린 채 끌려왔다고 한다. 탄광에서는 열두 시간에서 열다섯 시간 일했고 햇빛을 보지 못했다. 게다가 먹는 것이라고는 콩깻묵에 현미가 조금 들어간 것이 전부였기 때문에 설사를 하느라 점점 몸이 쇠약해졌다. 몸 상태가 좋지 않아 쉬고 싶다고 말하면 노무실에 끌려가 기절할 때까지 두들겨 맞았다. 주변은 파도가 거센 바다가 둘러싸고 있어 도망칠 수도 없었고 너무나 괴로워 죽고 싶다는 생각만 했다. 3개월 뒤에 동료 300명과 함께 나가사키항에 있는 미쓰비시 조선소로 옮겨졌고 뜨겁게 달군 대갈못을 두드려 박아 철판을 붙이고 조이는 작업을 했다. 군함 만드는 일도 역시 중노동이었지만, 그나마 다행이었던 것은 사이와이마치(幸町)에 있는 기숙사의 식사가 하시마 탄광과는 뚜렷이 차이가 날 정도로 괜찮았다는 것이다. 흰쌀밥에 말고기나 고래 고기가 나왔고 된장국에는 채소도 들어 있었다.
8월 9일 조선소 뱃도랑에서 작업하고 있을 때 원자폭탄에 피폭

되었다. 철판이 바람에 날려와 상당수의 동료가 그 밑에 깔렸는데 유영수는 왼쪽 발끝에만 부상을 입었다. 원폭으로 사이와이마치 기숙사가 불에 타는 바람에 기바치(木鉢) 기숙사로 옮겼으나 3일 뒤 폭발의 중심지에서 시신 수습에 동원되었다. 시신들은 벌거벗은 몸에 구더기가 끓어 냄새가 지독했다. 처음에는 도저히 만질 수 없었지만, "요령 피우지 말고 일해. 빨리빨리 하지 못해?" 하는 책임자 강요에 조심조심 다가갔다. 그 뒤 내 몸은 만신창이가 되었다. 원폭 때문이라고밖에 생각할 수 없다. 두 번 다시 원자폭탄이 사용되지 않기를 바라며, 전쟁을 일으켜서도 안 된다.

증언이 끝난 뒤, 유영수와 함께 커피를 마시며 이야기를 나누다가 에이지는 머리를 두들겨 맞은 듯한 충격적인 말을 들었다.

"원폭은 무서워요. 두 번 다시 사용해서는 안 됩니다. 하지만 원폭이 투하되지 않았다면 일본은 전쟁을 계속했을 겁니다. 그랬다면 조선의 해방은 더 늦어지고, 더 많은 동료들이 강제노동이나 징병으로 죽었을 거예요. 이건 틀림없어요. 그러니까 한마디로 말해서 나는 원폭이 떨어져서 다행이라고 생각해요."

원폭이 떨어져서 다행이라니, 이런 말을 해도 되는 것일까? 에이지는 학생들 역시 충격을 받았을 것이라는 생각에 주위를 둘러보았다. 아니나 다를까 시라이시를 포함한 모두의 표정이 굳어 있

17

었다.

쥐 죽은 듯이 고요한 틈을 뚫고 호카오가 수습하듯 말했다.

"그건…… 식민지 지배를 받았던 사람의 입장에서 원폭 피해는 수많은 고난 가운데 하나였다는 말씀이겠죠?"

에이지는 받아 적던 손을 멈추고 유영수의 창백한 얼굴을 바라보았다. 유영수는 작은 소리로 아아, 하고 신음을 내뱉더니 강한 어조로 다시 말하기 시작했다.

"분명히 말하자면, 전쟁이 끝난 후*에도 계속 일본에 살면서 원폭보다 민족 차별이 더 무서웠습니다. 여기 계신 학생 여러분도 왜 이렇게 많은 조선인이 일본에 살고 있고, 나가사키에서 왜 이만 명이나 되는 조선인이 원폭 피해를 입었는지 모를 수도 있겠네요."

에이지는 깜짝 놀랐다. 학생들뿐 아니라 교사인 자신도 그 사실을 몰랐기 때문이다. 그랬던가? 이곳 나가사키에서 그렇게 수많은 조선인이 원폭에 피폭을 당했단 말인가?

유영수는 이 기회에 말을 해 두고 싶었는지, 움푹 들어간 눈에 힘을 주고 이따금 주먹을 치올리며 어떻게 해서든 원폭 반대와 함께 민족 차별이 없는 평화로운 사회를 실현하고 싶다고 힘주어 말했다. 이야기를 듣는 동안 에이지는 비난받는 듯한 기분이 들었

---

* 해방 후를 뜻한다. 한국에서는 1945년 8월 15일을 조국 해방의 날, 독립과 광복의 날로 기념하지만, 일본에서는 일본의 침략에서 시작된 아시아·태평양 전쟁이 끝난 날로 기억한다.

다. 이웃 나라와 자이니치(在日)*에 대해 너무 모른 채로 지내왔기 때문이다. 에이지는 그 사실이 갑자기 부끄러워졌다.

2

에이지는 같이 사는 할아버지와 함께 실버주택 몇 군데를 돌아보고 오는 길이었다. 할아버지가 소변이 마렵다고 하여 폭심지 공원(爆心地公園)의 한쪽 구석에 있는 화장실을 찾아가는데 어디선가 들어 본 적이 있는 듯한 남성의 뜨거운 목소리가 귓가에 들려왔다.

"누가 내 몸을 이렇게 만들었나. 건강을 돌려놔라. 청춘을 돌려놔라. 인생을 돌려놔라. 나, 이렇게 말하고 싶다……."

절벽 밑 정원수 가운데 세워진 '원폭 조선인 희생자 추도비**'를 등지고 말하는 사람은 유영수였다. 앞에는 다른 지역에서 온 듯한 수학여행단이 진지하게 귀 기울여 듣고 있었다.

"그날 말이지, 조선인이 일만 명이나 죽었어. 나는 목숨을 건졌지만, 근무조가 아니어서 사이와이마치 기숙사에 있던 동료들은 아마 전부 죽었을 거야. 원자폭탄 폭발 중심지에서 가까웠으니

---

* 일제의 식민지 지배와 조국의 분단으로 해방 후에도 일본에 남아 살게 된 재일한국인과 재일조선인을 통칭하는 용어로 고유명사처럼 사용되는 말이다.
** 1979년 8월 9일 나가사키 원폭 투하 중심지 공원(폭심지 공원) 외곽에 세워진 추도비이다.

까……."

"할아버지, 저 여기서 기다릴게요."

에이지는 멈춰서 조용히 학생들 뒤에 섰다. 유영수 옆에 있는 게시판에는 이렇게 쓰여 있었다.

"……나가사키시 주변에는 약 3만여 명의 조선인이 있었다. 그들은 미쓰비시 계열의 조선소, 제강소, 전기, 병기공장 등의 사업소 및 주변 지구의 방공호 굴착, 매립 공사 등 강제노동을 당하였고…… 미군이 투하한 원자폭탄에 2만 명이 피폭되었으며, 그중 약 1만 명이 사망하였다. 과거 일본은 조선을 무력으로 협박해 식민지로 만들고, 강제 연행*하여 학대하고 혹사하였으며, 끝내 원폭으로 죽음에까지 이르게 한 책임을……."

읽어 나가는 동안 가슴 언저리가 꽉 막히는 느낌이 들었다. 그랬다. 일본은 과거에 조선을 식민지로 삼았다.

유영수의 이야기는 계속되었다.

"원폭은 잔인하지. 하지만 나는 그 전에 하시마 탄광에서 강제로 노역할 때가 훨씬 괴로웠어. 그곳은 감옥섬이니까. 콩깻묵밥이 몸에 맞지 않아 날마다 설사를 해서 뼈랑 가죽밖에 안 남았는데도 쉬지 못하게 하는 거야. 한반도 쪽을 바라보며 날마다 죽을 생각

* 강제 동원 또는 징용이라고도 한다.

만 했어. 만일 조선소로 옮겨지지 않았다면 나는 하시마에서 죽었을 거야."

뱃속에서 마그마가 분출되는 것처럼 빠른 속도로 매우 열심히 말하는 유영수의 모습을 보고 에이지는 숨을 죽였다.

"그렇지만 말이야, 평화롭고 차별 없는 세상을 만드는 건 너희들 미래 세대에 달려 있어. 이게 내가 가장 하고 싶은 말이야. 너희들이 희망이야."

박수 소리에 에워싸인 채 소년처럼 뺨을 붉히고 깊숙이 고개를 숙이는 유영수. 어쩐지 아름다운 광경을 만난 듯한 기분이 들어 에이지도 아낌없이 박수를 보냈다.

할아버지와 함께 주차장으로 나란히 걸어가는데 할아버지가 투덜댔다.

"아니야."

"뭐가요?"

에이지가 되물으니, 할아버지가 내뱉듯이 말했다.

"저 조선인이 하는 말 말이야. 믿을 수 없다고."

"왜 믿을 수 없다는 거예요? 왜 그런 말을 하는 거죠?"

에이지는 자신도 모르게 입을 배쭉거렸다.

그러자 할아버지는 오만상을 찡그리며 다시 말했다.

"조선인이 거짓말하는 거야. 사이와이마치 기숙사에는 징용된 반도인(半島人)* 노동자 따윈 없었어. 그곳에는 포로와 죄수가 수용됐었다고."

할아버지는 소년 시절에 미쓰비시 조선소에서 일했다. 나가사키에 원폭이 투하되었을 당시에는 전쟁터에 나가 있었지만, 회사 사정에는 정통했을 것이다. 할아버지의 말처럼 당시 반도인으로 불렸다는 조선인 강제 동원 노동자는 그곳에 없었던 것일까. 그렇다면 유영수의 증언을 어디까지 믿어야 할지 알 수 없다. 에이지는 유영수가 거짓말을 하는 거라고 단정 지을 수는 없다고 생각했지만 아무 말도 하지 않았다. 그러자 할아버지가 말을 이었다.

"애당초 반도인의 기숙사에서 흰쌀밥에 고기랑 생선이 나온다는 게 말이 안 돼. 일본인도 고구마나 호박 같은 대용식을 먹던 시절이야. 나는 다른 반도인에게 들었어. 콩깻묵이나 고구마 줄기, 돼지죽 같은 것을 주어서 늘 배가 고팠다고. 그뿐인 줄 알아?"

할아버지는 전에 없이 화를 내며 점점 더 격한 목소리로 말했다.

"저 남자의 증언은 몇 번이고 읽거나 들었는데 세부적인 내용이 조금씩 달라. 꾸며낸 이야기라서 그런 거야."

에이지는 유영수를 대신해 항변했다.

"저 사람은 미쓰비시 조선소에서 일했다는 걸 회사 측이 증명해

---

* 일제 강점기, 일본인이 우리나라 사람을 낮잡아 부르던 말. '조센징(朝鮮人)', '선인(鮮人)'도 마찬가지다.

쥐서 피폭자 건강 수첩*을 취득했어요. 그때 그곳에서 일했다는
건 틀림없는 사실이에요. 세세한 부분에서 다른 부분이 좀 있다고
해서 증언의 무게가 달라지는 건 아니에요."

그러자 할아버지는 성난 기색으로 쏘아붙였다.

"피폭자 건강 수첩이라고? 나는 그런 게 싫어. 공적 원조까지
받으면서 일본에 사는 외국인은 세금 도둑이야."

"어이가 없네요, 할아버지. 그런 식으로 생각하다니."

차가 출발하고 나서는 아무 말도 하지 않았지만, 할아버지가 이
런 편견을 갖고 있으리라고는 생각지도 못했다. 한편, 왜곡된 것
을 싫어하고 꼼꼼하던 할아버지가 왜 그런 말을 했는지 계속 신경
이 쓰였다.

에이지는 사 온 김초밥과 즉석 짬뽕으로 저녁 식사를 하며, 할
아버지에게 오늘 둘러본 실버주택 중에 마음에 드는 곳이 있는지
물었다. 할아버지는 여느 때와 같은 떨떠름한 표정으로 대답했다.

"없어. 죽고 싶을 때 아무 데나 들어가면 돼."

에이지는 더 얘기하지 않았지만, 마음이 복잡했다. 할아버지는
할머니가 돌아가시고 나서 팔순을 넘기던 무렵에 유료 양로원에
들어간 적이 있었다. 그러나 수용소에 갇혀 있는 기분이라며 얼마

---

* 원자폭탄에 피폭된 사람임을 일본 정부가 증명하여 발급하는 수첩.

지나지 않아 집으로 돌아왔다. 최근에는 눈이 불편해져서 이 오래된 집을 팔고 아파트나 좋은 집이 있으면 이사를 할까 망설이고 있다.

사세보에서 일하는 어머니의 부탁도 있었지만, 집세가 들지 않는다는 장점도 있어 에이지는 할아버지와 함께 살기 시작했다. 그렇지만 나이와 생각하는 방식이 다른 남자 둘이서 언제까지 함께 생활할 수 있을지 자신이 없었다.

청소를 하지 않으면 바로 솜먼지가 앉는 방이 여섯 개나 되는데, 할아버지가 자주 주문하는 특산품의 빈 상자가 구석에 쌓여가고 있었다. 오늘은 일을 쉴 수 없는 어머니를 대신해 실버주택 세 군데를 함께 돌아봤는데 할아버지는 마음에 드는 곳이 없는 모양이다.

"목욕물 데워놨는데 먼저 들어갈래?"

식사를 마친 할아버지가 호지차*를 끓이며 말했다.

"네."

대답은 했지만, 욕조 청소도 언제 했는지 모른다. 바닥도 나무통도 미끈미끈하고 타일 벽에는 민달팽이가 자주 기어 다녔다. 언젠가는 쌍살벌**이 들어와 깜짝 놀랐다. 150평 땅에 과실나무와 약

---

* 일본 전통차 중 하나.
** 말벌과의 곤충.

초를 심는 것이 할아버지의 취미라 이런 생물들이 찾아오는 것일까. 아파트에서 자란 에이지에게는 결코 기분 좋은 일은 아니었다. 게다가 오늘처럼 "조선인은 거짓말을 한다."는 식의 차별적인 발언을 들으면 역시 기분이 안 좋았다. 에이지는 뒤늦게 무언가 부글부글 끓어오르는 느낌이 들었다.

3

머리가 개운치 않아서일까, 교무실에서 바라보는 녹나무의 푸르름이 유난히도 사납게 보였다. 프랑스계 가톨릭 수도회가 운영하는 세이보학원은 자유롭고 국제적인 분위기다. 그 점은 마음에 들었지만, 남학교이기 때문인지 교사를 교사로 생각하지 않는 학생들이 꽤 많아 몹시 난처할 때가 종종 있었다.

조금 전 수업 시간에도 가뜩이나 자신 없는 영어 회화 발음을 지적하는 학생이 있었다. 에이지는 영어 교사지만 혀가 말리는 영어 발음을 잘 못했다.

"선생님, 좀 달라요. 이렇게 하는 게 맞잖아요?"

그 학생은 고개를 갸웃거리며 유창한 발음으로 다시 읽었다.

"뭐, 외국어는 실제 대화에서 통하느냐 안 통하느냐가 우선이니까."

에이지는 둘러댔다.

"말도 안 돼."

학생들의 야유가 터져 나오자 에이지는 식은땀이 흘렀다.

'영어 교사였던 아버지를 따라 나도 영어 교사가 된 건 너무 가벼운 선택이었지도 몰라.'

수업이 다 끝났다. 식당에서 값싼 정식을 먹을까 하다가 수업 시간에 놀리던 학생들의 얼굴이 떠올라 에이지는 교무실을 나서 교문 쪽으로 발걸음을 옮겼다.

언덕길을 내려가니 노면전차* 정류장에 마침 전차가 들어오고 있었다. 에이지는 자연스레 정류장으로 갔다. 이대로 집으로 돌아가기는 싫었고, 종점까지 전차를 타도 100엔이면 되니까 목적지 없이 나가사키를 구경해도 좋을 것 같았다. 손잡이를 잡고 눈앞을 스쳐 지나가는 상점의 간판들을 훑어보는 사이에 종점에 도착했다.

교차로를 건너 지금까지 가 본 적 없는 높은 지대 쪽으로 걸었다. 한참을 걸으니 맑고 깨끗한 물을 가득 채운 저수지가 보였다. 우라카미 수원지**가 틀림없었다. 저수지 옆을 걷다 막다른 곳에서 발걸음을 돌리려 할 때였다.

'지나가다 들르는 미치노오 온천'이라고 쓰인 간판이 눈에 들어

---

* 도시에서 도로에 설치한 레일 위를 달리는 전차.
** 나가사키시에 있는 물을 공급하는 수원지.

왔다. '창업: 메이지 원년(1868년)'이라 적혀 있었고 소박한 느낌이었다.

'여기에 온천이 있었나. 가끔은 널찍한 목욕탕에 들어가는 것도 좋지.'

에이지는 건물의 낡은 문을 밀었다.

구두를 신발장에 가지런히 넣고 계단을 오르니 접수처에 중년 여성이 한 명 있었고, 식당과 누워서 쉴 수 있는 휴게실이 보였다. 수건을 들고 안으로 들어갔다. 평일이라 욕탕 안에는 손님이 몇 명밖에 없었다. 탕에 몸을 담그고 벽에 쓰인 온천의 효능에 대해 읽으려고 할 때, 구석에서 반신욕을 하고 있는 깡마른 남성이 눈에 띄었다. 마치 고통을 참고 있는 듯이 눈을 내리깐 표정. 이럴 수가. 유영수였다. 이런 곳에서 만날 줄은 생각지도 못했다. 좁은 세상이다.

"지난번에는 감사했습니다. 여기에 자주 오십니까?"

에이지가 먼저 말을 걸자, 유영수는 처음에는 알아보지 못하는 것 같더니 조금 지나서 에이지를 기억해 냈다.

"온천은 몸에 좋아요. 저는 가끔 오지요. 여기는 넓고 물도 좋아요."

유영수가 속삭이듯이 말했다.

"정말 기분 좋다."

목까지 푹 잠기자 에이지가 유영수를 올려다보는 모양새가 되었다. 유영수의 몸에 난 크고 작은 상처가 눈에 들어왔다. 에이지는 다른 데로 눈을 슬쩍 돌렸다.

"몸이 안 좋으세요?"

잠시 뒤에 에이지가 묻자 유영수가 담담하게 대답했다.

"내 폐는 윗부분이 없어요. 여기저기 안 좋은 데가 많아 온갖 병의 백화점이나 마찬가지죠. 그래도 마음만은 건강했으면 하고 생각해요."

지금 이렇게 말할 때의 표정은 부드러워서 강제 동원이나 원폭 피해를 말할 때와는 전혀 다른 사람이었다.

에이지는 질문을 몇 가지 더 하고 싶었다.

"사이와이마치 기숙사의 목욕탕도 넓었겠죠?"

"응, 넓었죠. 하지만 사람 수가 많으니까 복작거렸죠."

유영수는 이렇게 대답하고는 먼 곳을 바라보며 말을 이었다.

"동료는 모두 같은 또래였어요. 더운물을 서로 끼얹으면서 장난도 치고, 날뛰기도 하고, 탈의실에서 몰래 화투도 치고…… 감시하는 녀석들도 목욕탕까지는 덮치지 않으니까. 그래, 목욕탕은 동료의 온기를 느낄 수 있는 장소였어요."

이야기를 듣는 사이 에이지는 할아버지가 얘기했던 의문점이 떠올라 숙소의 식사에 관해서도 물어보고 싶었지만 그만두었다.

폭행이나 수술로 생긴 흉터겠지, 에이지는 유영수의 몸에 새겨진 생생한 상처 자국을 보았다. 얼마나 고통받았는지 짐작조차 할 수 없는 이 사람의 증언을 조금이라도 의심하는 듯한 말은 입에 담고 싶지 않았다. 그러나 몸의 흉터를 보고 난 뒤 유영수에 대해서 좀 더 알고 싶다는 생각이 강해졌다.

이때 사내 여럿이 우르르 들어오자 유영수는 바깥으로 나가 버렸다. 모처럼 온천에 온 에이지는 온탕과 냉탕을 오가며 시간을 보낸 뒤 시원한 우유를 들고 휴게실로 들어섰다. 구석에 휴대용 배낭을 베개 삼아 누워 있는 유영수가 보였다.

"온천욕을 하니 울적했던 게 시원하게 풀렸습니다."

이렇게 말하며 에이지가 바로 옆 탁자에 책상다리를 하고 앉았다.

"사람의 행복 중에 가장 필요한 것은 뭘까요?"

에이지가 오기를 기다렸다는 듯이 유영수가 물었다.

"글쎄요. 사랑하는 사람이라든가, 신념이라든가, 사람마다 다르지 않을까요?"

에이지가 답하자 유영수는 깊이 생각에 잠긴 듯한 눈으로 말했다.

"나에게는 당연히 평화예요. 일본에 끌려와 강제로 일하고 원폭도 만났죠. 하지만 전쟁이 끝나고 일본은 줄곧 평화로웠어요. 선생님은 내 아들과 같은 세대로 보이는데 좋은 시대에 태어난 거예요."

"네. 좋은 시대였는지 어땠는지는 모르겠지만 평화로웠지요."

에이지는 맞장구를 쳤다.

"사람의 행복에서 그다음으로 중요한 것은 차별이 없는 사회라고 생각해요."

유영수가 천천히 일어나며 말했다.

"내가 한국인이기 때문에 아내도 자식도 괴로움을 겪는다든지……."

유영수가 말하기를 아내는 복지 계통의 일을 했다. 딸뻘의 젊은 일본인 여성이었는데, 병으로 고생하는 유영수를 보살펴 주었다. 그러나 함께 살면서 아이까지 낳았지만 한국 국적을 가진 유영수의 정식 아내가 되려고는 하지 않았다. 아이는 중학생이 되면서 자신의 출생에 대해 고민을 하기 시작했고, 결국 아버지 유영수에게 심한 욕설을 퍼붓고는 엄마와 함께 집을 나가 버렸다. 그 뒤로 유영수는 혼자 살고 있다고 했다.

유영수는 나를 물끄러미 바라보며 이렇게 말했다.

"선생님을 보고 있으면 아들이 떠올라요. 닮았어요. 여성스러운 외모에 웃을 때면 눈이 안 보이지요."

에이지를 보니 그만 신세타령, 그러니까 유영수 자신의 개인적인 이야기를 하고 싶어졌다고 말했다.

"실례지만 선생님은 나이가 몇이나 되오? 아, 스물다섯이면 우리 아들과 같아요. 아들이 비뚤어져서 깡패가 되겠다고 했을 때 홧김에 때려주려고 주먹을 치켜올렸죠. 그런데 아들이 나보다 몸집이 두 배는 커요. 한심하게도 내가 슬금슬금 도망쳤지요."

아들과 닮아서 에이지에게 친근함을 느꼈던 것일까. 유영수는 보통은 드러내지 않을 법한 이야기를 하며 금방 놓아줄 생각을 하지 않았다. 에이지도 싫지 않았다. 유영수의 이야기에 자신도 모르게 끌려 들어가는 부분이 있었기 때문이다. 유영수에게 아들이 있다는 사실은 처음 알았지만, 아들 입장에서 보면 답답하고 괴로웠을 것이다.

"아내에게도 아들에게도 버림받은 거지."

유영수의 이야기는 계속되었다.

"하지만 어쩔 수 없어요. 아내랑은 나이 차가 너무 많이 났고 서로 잘 맞지 않았고……. 더 슬펐던 건 부모에게 버림받았을 때죠. 어머니와 떨어졌을 때 눈물이 마를 때까지 울었어요."

이건 정말 유영수 자신의 이야기였다. 부모에게 버림받았다니 대체 무슨 사정이 있었던 것일까. 에이지는 자신도 모르게 빠져들었다.

"이런 약해 빠진 이야기는 이제 그만하죠."

유영수는 입을 다물고는 탁자 위에 있는 보리차 병에 손을 뻗었다.

"어르신의 이야기를 전부 듣고 싶어요."

에이지는 이런저런 이야기를 더 들려달라고 부탁했다. 그리고 연극부 학생이 유영수를 모델로 한 연극을 준비하고 있다고 말했다.

"정말이요? 기분이 좋네요."

유영수는 기뻐하며 대답했다.

"알겠어요. 나도 하고 싶은 말이 아주 아주 많아요. 자리를 옮기죠."

4

유영수가 안내해 준 곳은 가까운 상점가 뒷골목의 고깃집이었다. 여닫이문을 열고 들어서자 활발하고 볼이 통통하고 활발한 성격의 나이 지긋한 여주인이 맞아 주었다.

"어서 오세요. 한동안 못 봤는데 살이 더 빠진 거 아녜요? 이 젊은 분은…… 아들은 아니죠?"

"그 녀석, 오사카 근처에 있는 거 같은데……. 전부 내가 잘못한 것 같아서……."

"꼭 그렇지만도 않을 거예요. 그건 그렇고, 요즘 TV에 영수 씨

자주 나오던데."

"TV뿐이 아녜요. 신문기자들도 쫓아다녀요. 나는 원폭 피해 증언을 중요하게 생각해서 취재는 거절하지 않기로 했으니까요."

"영수 씨는 몸도 안 좋으니까 언론사에 시달리지 않으면 좋을 텐데요."

"괜찮아요. 아직은 먹는 것도 맛있고요. 오늘도 늘 먹던 비빔밥 만들어 주세요. 그리고 여기 선생님에게는 야키니쿠(燒肉: 고기구이) 주세요."

음식을 주문한 뒤 유영수는 휴대용 배낭을 내려놓았다. 그러고는 느긋한 발걸음으로 고깃집 안쪽으로 갔다. 안쪽의 널빤지 문을 좌우로 여니 그곳에 또 하나의 작은 방이 있었다. 먼저 들어간 유영수가 에이지에게 들어오라고 손짓했다. 둘은 둥근 탁자에 마주 보고 앉았다.

유영수가 차분한 말투로 입을 열었다.

"사람이 나이가 들면 언제 무슨 일이 생길지 몰라요. 그러니까 나는 언젠가 아들이 읽어 주기를 바라는 마음으로 자서전을 쓰고 싶었어요. 하지만 나는 글을 쓸 줄 몰라요. 학교에 다니지 못했으니까요. 대신 말은 할 수 있지요. 들어주는 사람이 있으면 무엇이든 말할 거예요. 연극을 만들려는 학생들이 있다는 것도 반가워요."

유영수는 다시 한번 기뻐하며 말하기 시작했다.

"우리 아버지는 말이죠, 쇼와(昭和)* 초기에 일본에 왔어요. 나고야(名古屋)에 있던 방적 공장에서 조선인 기숙사 사감 일을 했는데, 기숙사에서 생활하던 어머니와 사랑하는 사이가 되어 저와 여동생이 태어났지요. 아이 둘을 데리고 고향으로 돌아왔지만 양반 기질을 벗지 못한 할아버지는 가풍에 어긋난다며 어머니를 집 안에 들이지 않았어요. 아버지는 할아버지의 권유로 좋은 집안의 딸과 결혼하여 다시 나고야로 돌아갔어요. 저와 여동생은 할아버지 밑에서 자랐는데, 제가 일곱 살 되었을 때 할아버지가 돌아가시자 큰아버지가 땅을 차지하고 나를 큰아버지의 양자로 들여 어릴 때부터 농사일을 시켰어요. 여동생은 다른 친척 집에 맡겨졌지만 열세 살에 일본으로 끌려갔어요."

유영수는 여기서 말을 끊더니 간신히 들릴 정도의 작은 소리로 말을 이었다.

"이 가게 할머니는 방적 공장에서 일하는 줄 알고 속아서 열다섯 살에 끌려왔는데, 도마치(戸町)의 유곽에 넘겨졌어요. 마루야마(丸山)에서 언덕 하나 너머 이즈모마치(出雲町)에도 그런 장소가 있어 많은 조선인 여성들이 남자들을 상대해야 했지요. 내 누이

---

* 1926년 12월 25일부터 1989년 1월 7일까지 일왕 히로히토가 재위한 기간동안 일본에서 사용된 연호이자 시대 구분이다. 쇼와 초기는 1920년대 후반부터 1945년 일본의 침략 전쟁이 한창이던 때를 가리킨다.

동생도 아마 그런 신세가 되지 않았을까 하고 슬며시 알아본 적도 있어요. 그렇지만 아무 소식도 알아낼 수 없었어요."

이야기를 듣는 동안 에이지는 책망받는 것 같아 용서를 구해야 할 듯한 기분이 들었다. 그렇다. 유영수처럼 강제로 끌려온 조선인들 중 소녀들도 군수 공장 같은 곳에서 일을 했고, 더 나아가 위안부나 술집의 접대부가 된 사람도 적지 않았다.

에이지가 연기할 하시마 탄광의 술집 여성도 그런 소녀일지도 모른다. 시라이시가 나가사키역 근처에 있는 고려 자료관을 방문하여 조사한 바에 따르면 하시마에는 유곽이 세 곳 있었다고 한다. 그리고 유곽에는 많은 조선인 여성이 있었고, 살균제인 크레졸을 먹고 목숨을 끊은 사람도 있다고 한다.

일본인 남자로서 어떤 마음으로 그 역할을 연기해야 할까? 깊은 고민에 잠긴 에이지 눈앞에 화려한 기모노를 입고 거짓으로 아양을 떠는 초췌한 젊은 여자 얼굴이 떠올랐다. 연기를 위해 공부를 하고, 연기를 하는 것으로 식민지였던 나라의 사람들이 겪은 고통에 조금이라도 다가갈 수 있을까.

"오래 기다리셨습니다."

비빔밥과 야키니쿠를 가지고 온 젊은 여인이 뭘 그렇게 속닥속닥 얘기하느냐며 유영수와 에이지의 얼굴을 번갈아 보았다.

"여기 할머니는 말이야, 젊은 시절 미인이었다는 이야기를 했지.”

유영수가 말했다.

“어머나, 저는 어머니를 안 닮아서 미인이 아니라 죄송합니다.”

할머니의 딸인 젊은 여인이 맞받아치며 웃었다.

곧바로 맥주잔을 채워 건배를 하고, 숟가락으로 뒤섞은 비빔밥을 입에 넣자마자 유영수는 사레가 들었다.

“내가 목도 안 좋아서요.”

괜찮은지 물으니 괴로워하며 숟가락을 내려놓았다.

“천천히 잘 씹어서 먹지 않으니까 그래요.”

계산대 저편에서 나이든 여인이 말했다.

“아이고. 항상 그걸 잊고 서둘러.”

유영수는 다시 숟가락을 집어 들었다. 이번에는 천천히 씹으며 연신 맛있다는 말을 하며 먹기 시작했다. 에이지 앞에 놓인 야키니쿠도 육즙이 풍부하고 부드럽기 그지없었다.

“나는 아무리 괴롭고 슬픈 일이 있더라도 먹는 일은 중요하게 생각해요. 그건 꿋꿋하게 살아가기 위해서니까요.”

천천히 식사를 마치고 나서 차를 마시며 유영수는 스스로를 납득시키려는 듯이 고개를 끄덕였다. 그리고 자신의 이야기를 이어갔다.

“지금까지 살아오면서 가장 슬펐던 것은 아까 말했듯이, 역시나 어머니와 억지로 헤어졌을 때예요. 나이가 들어서도 밤이 되면 어머니 생각이 나요. 본가에 발을 들일 수조차 없었던 어머니는 작은 봇짐 하나 들고 만주 쪽으로 갔다고 하는데, 행방은 알 수가 없어요."

유영수는 주먹 쥔 손을 입가에 가까이 대고 콜록콜록 기침을 한 뒤 낮은 목소리로 노래를 불렀다.

"호박꽃 피는 내 고향……. 어머니가 불러 주었던 이 자장가, 지금도 기억하고 있어요. 목소리가 높고 맑았죠."

어느새 유영수의 눈가는 촉촉하게 젖어 있었다.

"노래가 좋네요. 저도 알고 싶어요. 한 번 더 불러 주시겠어요?"

유영수는 고개를 끄덕이고는 다시 노래를 불렀다. 중간에 계산대 저편에 있는 나이든 여인도 따라 불렀다. 에이지는 연극에서 제방 위에 섰을 때 이 노래를 부르기로 마음먹었다. 에이지는 몇 번 더 불러 달라고 부탁해 노랫말을 받아 적었다.

"이거, 내 얘기가 아니에요. 부탁할 것이 있어요."

유영수가 갑자기 표정을 바꾸며 말했다.

"요즘 내 꿈에 자주 나타나 '살려 주세요.' 하고 우는 친구가 있어요. 만일 살아 있다면 찾아 만나고 싶어요. 살았는지 죽었는지만이라도 알고 싶어요. 어떻게 안 될까요?"

그 사람은 한 살 많은 고향 친구로 원폭이 떨어졌을 때 사이와이마치 기숙사에 있었다. 학교에 다녔기 때문에 일본어를 잘했고 같이 도망치자는 약속도 했다고 하였다.

"내가 매스컴에 자주 나오는데 아무 연락도 없어요. 아마 그때 죽었겠지요. 그래도 만에 하나라도 살아 있을지 모르니, 그걸 알아낼 방법이 없을까요? 그는 몸집이 컸어요. 얼굴은 어떻게 생겼냐 하면……"

"일단 알아볼게요."

에이지는 잠시 생각하다가 짚이는 것이 있어 말했다. 그러고 나서 유영수가 찾는 친구의 이름을 수첩에 적으며 사이와이마치 기숙사는 어떤 곳이었는지 물었다.

"뭐, 이렇게 감옥처럼 높은 담으로 둘러싸여 있고, 정문에는 군인이 총을 들고 서 있었어요. 옆 동에는 포로가 있었는데 이야기를 하는 것은 금지되어 있었어요. 아침 일곱 시 반에 숙소에서 나와 조선소로 갔는데 조금이라도 대열에서 벗어나면 군인이 뛰어와서 군홧발로 걷어찼어요. 일주일에 하루 쉬는 날이 있었지만 외출 금지였지요. 하지만 즐거운 일도 있었어요. 그 친구는 같은 방에서 반장을 했고, 여러 가지로 신경을 써 주었지요……"

아무리 들어도 질리지 않는 이야기에 시간을 잊고 빠져 있는 사이 가게 문 닫을 시간이 되었다. 유영수가 찾는 사람에 대해 무언가 알아내면 연락하겠다는 약속을 하고 고깃집 앞에서 헤어졌다.

에이지는 전차 정류장으로 가는 발걸음이 가벼웠다.

5

다음날, 아침에 일어나자마자 에이지는 2층에 있는 할아버지 서재에 들어가 사이와이마치 기숙사에 대해 찾아보기 시작했다. 할아버지는 조선소의 관리 부문에서 일했기 때문에 서재에 회사와 관련한 역사 자료를 보관하고 있었다. 자료를 실마리로 많은 내용을 알 수 있을 것 같았다.

무엇보다 유영수의 친구를 찾는 일을 돕고 싶었다. 유영수의 말을 거짓말로 치부했던 할아버지의 편견을 깨뜨리고 싶기도 했다.

서재는 정리되어 있지 않았다. 천장까지 닿는 붙박이 책장에는 경제지나 법률서, 정원수 관련 서적이 어지럽게 꽂혀 있었다. 그 가운데 조선소 관련 책이 여기저기 끼여 있었다. 먼저 유영수가 지냈던 노동자 합숙소 사이와이마치 기숙사 자료를 찾아 시에서 발행하는 《원폭 재해지(原爆 災害地)》를 펼쳤다. 자료에는 사이와이마치 공장 옆에 포로수용소와 죄수 부대의 숙소가 나란히 있었다고 쓰여 있었지만 강제 동원된 조선인 노동자의 숙소에 대한 내용은 없었다. 또 조선소에서는 강제 동원된 노동자 중 사상자가 몇 명인지 분명하지 않다고만 쓰여 있었다. 유영수가 '옆 동에는 포로가 있었다.'고 했으니, 조선인 노동자는 일본인 죄수 부대와 같은 곳에 있었을 수도 있다. 이런 생각이 들자 할아버지가 지닌 확신을 조금 뒤집은 기분이었다.

조선소 퇴직자들이 엮은 문집 《원폭 전후(原爆前後)》가 40여 권이나 있는 것을 발견했다. 그중 흑갈색으로 빛바랜 책 한 권을 빼내 페이지를 넘기다가 조장이었던 사람의 글을 맞닥뜨렸다.

"전황(戰況)도 위태로워지고 징용*된 일본인 노동자도 차례차례 소집 영장을 받아 전쟁터로 내몰렸다. 부족한 인력을 보충하기 위해 처음에는 학도가 동원되고 다음으로 반도인, 포로, 그리고 죄수까지 동원되었다. 해군 병사들이 밤낮으로 주둔하여 감시하고, 멍하니 있으면 우리에게 칼끝을 들이대는 탓에 비가 와도 블록 밑에서 비가 그치기를 잠시 기다리는 것마저 불가능했다. 대부분이 농촌에서 온, 아직 소년 같은 미숙련 반도인인데 그들이 불쌍했다."

이 조장은 반도인이라는 말을 곳곳에서 사용하고 있었다. 그렇다. 당시에는 강제 동원된 조선인 노동자를 반도인이라고 불렀다. 조장은 또 이렇게 기술하고 있었다.

"원폭 투하를 기점으로 징용된 공장 노동자들은 거의 도망쳤고,

---

* 전시·사변 또는 이에 준하는 비상사태에, 국가의 권력으로 국민을 강제적으로 일정한 업무에 종사시키는 일.

징용 해제를 기다린 사람은 극히 일부에 불과했다."

도망쳤다는 표현에 에이지는 약간의 희망을 느꼈다. 사이와이 마치의 기숙사에 있었던 유영수의 친구도 살았을지 모른다. 같은 동에 있었던 것으로 보이는 죄수 부대에서 즉사자는 24명, 행방불명자는 28명이라는 기술도 있었다. 책장을 계속 넘기면서 반도인이라고 기술된 곳을 찾아보니 눈에 띄는 부분이 있었다.

"1943년 후반이 되자 반도인 징용자가 상당수 포함되어 우리 조에도 4명이 배속되었다. 그중 2명은 일본어를 전혀 몰라 손짓, 발짓을 섞어 가며 지도를 하는 데도 한계가 있어 난처했다. 더욱이 이 젊은 반도인들은 저마다 배고픔을 호소하는 정도가 심하여 잔업을 할 때는 2인분의 식사를 주지 않으면 안 하겠다고 성화를 부리곤 했다. 나쁜 일이기는 했지만, 식당 쪽을 속여 그들에게 두 사람 몫을 주기도 했다. 생각해 보면 그들도 우리 자식들처럼 한창 자랄 나이인 10대다."

식사에 대해서 "사이와이마치의 기숙사에서는 흰쌀밥에 말고기나 고래 고기가 나오고 하시마 탄광과는 전혀 달랐다."고 했던 유영수의 말이 떠올랐다.

사이와이마치의 기숙사에 대해서는 관리직에 있었던 사람의 기술도 있었다.

"1943년 3월, 조선소 식당에서 인도네시아인 포로의 식사를 담

당하는 책임자가 한 명 파견되었다. 성실한 사람이었다. ……본국
에서 기름, 설탕, 밀가루도 왔다. 돈도 송금해 주었기 때문에 하루
걸러 고기와 생선을 배식했다. 날마다 수산 시장에 수레를 끌고
장을 보러 갔다. ……그 후 미국, 오스트레일리아, 영국 등의 포로
도 추가되었는데 일본 군인과 비슷한 칼로리로 식사를 지급했다."

'그랬구나. 그래서 이웃 동에 있던 유영수와 동료들도 포로들과
같은 식단을 제공받을 수 있었던 거야.'

에이지는 할아버지의 잘못된 편견을 다시 물리친 기분이 들었
다. 계속해서 반도인에 대한 부분을 찾다 그들의 저항을 기록한
페이지를 우연히 보았다. 유영수가 피폭 뒤 피했던 곳, 기바치(木
鉢) 기숙사에서 일어났던 일이었으며, 기숙사장이었던 사람이 쓴
것이었다.

"7월 31일에는 500명이나 되는 반도인 징용 노동자가 보일러
부근이나 해안에 모여 출동을 거부했다. 음험한 눈초리와 낯빛은
어지간한 설득으로는 해결될 것 같지 않았다. ……실장과 반도인
반장 중에도 기숙사생에 합류하여 반란하고 일대 폭동으로도 번
질 지경이 되었다. 집단적인 출동 거부는 사건이다. 달리 방법이
없어 군대 출동을 요청했다."

또 다른 사람이 쓴 기록에 따르면, 이러한 출동 거부는 후쿠다
마치(福田町)의 기숙사에서도 일어났다.

"8월 1일, 어떻게 된 일일까. 반도인 징용 노동자가 한 명도 공장에 나타나지 않았다. 나는 배속 받은 인원 50명 정도를 설득하기 위해 후쿠다 기숙사로 갔다. 가는 길에 문득 올려다보니 솔숲에서 하얀 조선옷을 입은 10명 남짓 되는 사람의 그림자가 보였다. 내 부하들일 수도 있지만 '왜 쉽게 적기의 눈에 띄는 흰옷을 입고 있나?' 하고 의아해하면서도 갈 길이 바빠 아무 말도 하지 않고 그냥 지나쳤다. 사감과 면담하고 기숙사생과 간담회를 진행할 때였다. 돌연 크고 날카로운 공습 사이렌이 울렸다. …… 왔던 길을 터벅터벅 걸어서 찻집 앞까지 오자 하얀 조선옷을 입은 노동자가 얼굴에 폭탄 파편을 맞아 죽어 있었다. 조금 전 공습으로 죽은 것이다. 그 모습에 말할 수 없는 슬픔을 느끼며 잠시 멈춰 서서 묵념을 했다."

에이지는 읽어 나가는 동안 가슴이 방망이질 쳤다. 강제로 끌려온 그들은 힘껏 저항했지만, 일본의 전쟁 때문에 비참한 최후를 맞은 사람도 있었던 것이다. 그렇다 해도 유영수의 이야기에 따르면, 300명은 되어야 할 사이와이마치 기숙사의 조선인 강제 동원 노동자에 대해서는 어디에도 쓰여 있지 않았다. 거짓말이라던 할아버지의 말이 떠오르자 에이지는 천천히 고개를 흔들었다.

에이지는 사이와이마치 공장 주변의 재난 상황을 알아보기 위해 다른 책에 손을 뻗었다. 이번에는 공장 책임자가 쓴 것을 꺼내

살폈다.

"우리 사이와이마치 공장에는 포로 백 명과 죄수 삼사십 명이 있었으나……. 8월 9일, 공장은 물론 포로와 죄수 수용소도 전부 불에 타서 내려앉았다. 방공호에 가 보니, 전신에 중화상을 입은 몸집이 큰 남성이 알몸으로 물을 달라고 애원하며 어정버정 돌아다니고 있었다. 살이 문드러지고, 양손의 피부는 모두 벗겨지고 축 늘어졌다. 손가락 길이가 두 배 정도는 돼 보였다. 물을 주고 싶었지만, 화상에 물은 금물이라고 들어서 '그렇게 돌아다니면 안 돼요. 가만히 쉬고 있어요.'라고 했지만 듣지 않았다. 다음 날 아침 방공호 입구에서 그가 죽어 있는 것을 보고, 어차피 죽을 거였다면 물을 줄 걸 그랬다는 후회에 가슴이 뻐근해 왔다. 우리 공장에서는 볼 수 없는 반도인 같았다."

에이지는 반도인이라는 글자에 잠시 시선이 멈췄다. 틀림없이 근무조가 아니라서 기숙사에 있었던 유영수의 동료 중 한 사람이었을 것이다. 몸집이 큰 남성이었다고 쓰여 있었는데, 유영수가 찾는 친구도 몸집이 크다고 했다. 혹시 같은 사람일지도 모른다고 생각하니 순간 머릿속이 새하얘졌다.

정신을 차려 보니, 1층 거실에서 전화벨이 울렸다. 바둑을 두러 간 할아버지일 것이라고 생각했는데, 호카오였다.

"갑작스러운 이야기이긴 한데…… 부탁이 있어요."

낮고 조심스러운 목소리였다.

"뭔데요? 제가 할 수 있는 일이라면."

"내일 한국에서 손님 두 분이 나가사키에 오거든요. 한국어를 할 수 있는 제가 가이드를 하기로 했어요. 두 분은 전쟁 때 하시마 탄광과 미쓰비시 조선소에 강제 동원됐던 사람들인데, 이번 여행에서 그곳에 가고 싶다고 해요. 그래서 이곳저곳을 안내해야 하는데 운전을 해 줄 수 있을까요?"

"기꺼이요."

에이지도 하시마에 가고 싶었고, 미쓰비시 조선소에서 일한 사람도 만나고 싶었다.

6

일요일, 호카오를 태우러 우라카미역으로 갔다. 호카오 옆에 선글라스를 낀 건장한 체격의 젊은 사람이 서 있었다. 평상복 차림이라 곧바로 알아보지 못했지만 시라이시였다. 함께 가는 거냐고 묻자, 시라이시는 이런 기회를 놓칠 수 없다며 차분한 목소리로 말하고는 조수석에 올라탔다.

"너는 어쩌다 연극을 하게 되었니?"

공항으로 운전하면서 에이지는 시라이시에게 물었다.

"어울리지 않는다는 뜻인가요? 일 학년 때는 축구부였어요. 시합 때 입은 부상으로 낙담했을 때 호카오 선생님이 초대해 주셔서 처음으로 나가사키현 대회의 연극을 느긋하게 감상했어요. 그런데 제가 연기를 더 잘할 수 있겠다고 말씀드렸더니 선생님이 연극부에 들어오라고 하셔서 그때부터 연극에 빠져 직접 대본도 쓰게 된 거예요. ……네? 왜 유영수 어르신 이야기를 쓰게 되었냐고요? 이유는 간단해요. 그분이 좋거든요. 할아버지인데도 소년처럼 순수하고 정열적이에요. 오랫동안 괴로움을 겪은 민족 차별을 두려워하지 않고 힘차게 말하는 모습에 마음이 끌렸어요. 어디에서 태어났어도 같은 지구인이잖아요. 민족과 문화의 차이를 넘어 공존하자고 하는 그분의 세계주의는 제가 생각하는 것과 똑같아요. 저도 8분의 1은 러시아인의 피가 섞여 있거든요. 또 다른 이유도 있어요. 저희 할머니가 우라카미의 원폭 피해자인데 가족을 찾으러 돌아다닐 때, 활활 불타는 집의 나무 더미 밑에 깔려 도와달라고 울부짖는 조선인 부모와 자식을 만났대요. 안면이 있는 사람들이었는데도 돕지 않고 그냥 도망쳤대요. 할머니는 그 일이 떳떳하지 못해 항상 마음에 걸렸다고 하셨어요. 인력이 부족하다고 일본에 데리고 와서 혹사시키고 원폭까지 맞게 했다며 자신의 잘못인 양 한탄하셨어요. 우라카미에는 무기 공장이 많아서 공장 소개

(疏開)*용 터널 굴착이나 수원지 조성도 했어요. 그래서 공장에서 일하던 조선인과 가족이 많이 살고 있었어요. 더욱이 저희 증조할 아버지는 도망친 조선인 강제 동원 노동자를 숨겨 주고 목욕도 하게 해 주고 새 셔츠를 주어 도망치는 걸 도와주셨대요. 할머니 무릎에서 그런 이야기를 들으며 자란 저는 전쟁과 원폭이 늘 머릿속에 있어서…… 그래서 '이렇게 하면 전쟁은 일어나지 않을 거다.' 하는 연극을 직접 쓰고 연기해 보고 싶었던 거예요."

한번 시작하면 끝없이 말하는 시라이시가 또박또박 이어가는 이야기를 듣는 사이에 공항에 도착했다. 한국에서 온 손님 중 한 명은 아래쪽 얼굴이 길고 체격이 컸으며, 옛날 카메라를 들고 있었다. 또 다른 할아버지는 반대로 체구가 작고 온순한 인상이었다.

대강 인사를 나눈 뒤 두 사람을 뒷좌석에 탄 호카오의 양옆 자리로 안내하고 출발했다. 나가사키 반도에 있는 노노쿠시(野々串)에서 낚싯배를 타고 하시마 섬에 가는 것이 첫 일정이었다. 호카오는 가는 동안 한국에서 온 두 손님에게 이런저런 질문을 했다. 그러고는 두 사람이 말한 것을 시라이시와 에이지에게 일본어로 통역해 주었다. 두 사람은 고향이 같으며, 체구가 작은 할아버지는 유영수와 같은 열네 살 때 학교에서 교련** 수업 중 하시마 탄광

---

* 공습이나 화재에 대비하여 한곳에 집중되어 있는 주민이나 시설물을 분산시키는 것.
** 학생에게 가르치는 군사 훈련 교과목.

으로 느닷없이 끌려왔다고 했다.

"하시마에서 2년 반 일하다가 간신히 살아 고향으로 돌아갔어요. 9층 건물의 바지하에 있는 습기 많은 방이 숙소였고, 날마다 12시간에서 16시간 일했지만 임금은 받지 못했어요. 게다가 하루에 먹는 밥이 콩깻묵 주먹밥 두 개가 전부여서 쓰러지는 사람이 잇달았지요. 일을 끝내고 방에 돌아올 때면 발에 쥐가 나서 죽겠다는 비명이 여기저기서 터져 나왔어요. 사는 게 죽는 것보다 괴로워 바다에 뛰어들어 도망칠까 생각도 했지만…… 못했죠. 그러나 도망친 사람은 적지 않았어요."

머리에 물통을 뒤집어쓰고 헤엄쳐서 엄청나게 멀리 떨어져 있는 맞은편 노노쿠시로 갔지만 대부분 실패했고 표류한 사체가 몇 구나 떠올랐다. 살아서 붙잡혀 와도 섬 북쪽 끝에 있는 노무실에서 본보기로 고문을 받았다고 했다.

이야기를 듣는 동안 운전대를 잡은 에이지의 손에 땀이 흥건하게 배었다. 이런 사실을 학교에서는 가르쳐 주지 않았다.

이윽고 노노쿠시에 도착해 기다리고 있던 작은 낚싯배에 올라탔다.

"오늘은 공교롭게도 파도가 세네."

어부 같아 보이는 선주가 중얼거렸다.

때때로 파도의 물보라를 뒤집어쓰기도 하며 멀리 보이는 하시마로 출발했다. 눈앞에 가까워진 하시마는 군함도라고 불리는 것처럼 섬 전체가 거대한 군함 같았다. 전쟁 전부터 미쓰비시광업 산하의 해저 탄광이 있던 섬이다. 폐광한 지 오래되었지만 지금도 주변은 높은 콘크리트 방파제로 둘러싸여 거무스름하고 높은 빌딩이 섬 전체에 빽빽하게 들어서 있었다. 하시마에 상륙하고 나서도 보이는 것은 콘크리트 건물뿐이었다. 게다가 건물의 창문 유리는 대부분 깨져 있었고, 바닥에는 잡초가 무성하게 자라고 있었다. 황량한 광경 속에서 가슴에 주황빛을 띤 작고 푸른 새가 날아와 아름다운 소리로 지저귀기 시작했다. 어쩐지 안심이 되었다.

"보세요. 주변은 높은 콘크리트 제방으로 둘러싸여 있고 보이는 것은 바다뿐이에요. 이 바다 밑에서 우리는 탄을 캤던 거예요. 허리를 구부려야 할 정도로 좁았고, 덥고 괴롭고, 가스도 차고, 그 탓에 졸려서……."

이야기를 듣는 것만으로도 숨이 막혀 왔다. 유영수가 말한 대로였다. 할아버지는 가늘지만 힘 있는 눈빛으로 말을 이었다.

"게다가 낙반* 위험도 있었습니다. 그래서 한 달에 네다섯 사람은 죽었습니다. 정말 지옥이었어요. 지옥. 지옥."

할아버지는 소리 지르듯이 말하고는 갑자기 옆으로 난 돌층계를 위태로운 걸음걸이로 오르기 시작했다. 곧 제방 위에 선 할아버지의 목소리가 바람에 스쳐 날렸다.

"아이고, 타향살이 몇 해던가⋯⋯."

호카오는 할아버지가 부른 것은 고향을 그리워하는 노래라고 했다.

"아아, 타향살이의 괴로움이여. 고향 밭의 보리는 벌써 한 자는 더 자랐겠지. 왜 이런 곳에 끌려왔는가. 자유를 빼앗기고 더 살 수 있을까. 바다에 몸을 던지면 고향에 닿을까. 아아, 어서 빨리 이런 노예 생활에서 벗어나고 싶어라."

시라이시가 가벼운 몸놀림으로 제방 위에 올랐다. 에이지도 천천히 뒤따랐다. 제방에서 내려다보는 바다의 예사롭지 않은 검푸름과 큰 파도가 바위에 부딪쳐 하얗게 부서지는 모습은 들여다보는 사람을 위협하듯이 사나웠다. 이 바다로 많은 조선의 젊은이들이 죽음을 무릅쓰고 뛰어든 것이다.

할아버지는 뼈에 사무치는 말투로 조용히 말을 이었다.

---

* 광산의 갱도에서 천장이나 벽의 돌이 떨어지는 것.

50

"나는 바다에 뛰어들지 않아 다행이었지. 일본의 패전이 알려지자 '만세, 만세!' 하고 외치며 동료가 빌려 온 배를 타고 한 달 뒤 고향으로 돌아갔어. 가족은 울면서 반겨 주었지. 일 년 뒤에는 아내도 맞이했고, 참외나 수박 농사를 지어 생계를 이었어. 지금은 아들 넷에 손자가 일곱이야."

에이지는 할아버지의 이야기를 듣고 생각했다. 유영수도 고향으로 갔다면 두 할아버지와 같은 인생을 살았을지도 모른다.

시라이시는 두 할아버지를 보고 작은 카메라의 셔터를 연신 눌러 댔다. 에이지 일행은 할아버지의 안내로 조선인 합숙소 터를 둘러보고 점심때가 가까워져 섬을 빠져나왔다.

다시 시내로 돌아와 차이나타운에서 점심식사를 하고, 호카오는 두 할아버지를 원폭 낙하 중심지에 있는 원폭 자료관으로 안내했다.

"원폭의 위력은 무시무시해요. 제가 있던 기바치 기숙사에도 피폭된 동료가 많이 실려 와서 차례차례 죽어 갔어요. 저는 마침 휴무라 살았지만, 다음 날에는 구호 활동을 위해 원자폭탄 폭발 중심지로 들어가서 잔류 방사능을 잔뜩 들이마셨어요. 그 때문인지 고향에 돌아가서도 건강 상태가 좋지 않아 병고에 시달려 왔지요."

미쓰비시 조선소에서 일한 할아버지가 이렇게 단숨에 말하고는 잠시 생각에 잠겼다. 그러고는 천천히 얼굴을 들어 기바치 기숙사로 안내해 달라고 부탁했다. 죽은 동료를 떠올리며 기숙사를 사진으로 담고 싶다고 했다. 그러나 호카오는 여덟 동이 있던 기숙사 건물은 10여 년 전에 해체되어 지금은 슈퍼마켓이나 주택지로 바뀌었다고 했다. 그래서 기바치 기숙사 대신 이나사산(稲佐山)의 전망대에서 나가사키 거리 전체를 둘러보기로 했다. 러시아인 묘지 옆을 지나 이나사산 정상으로 갔다. 방송국 안테나가 여러 개 늘어선 지점에 주차하고 엘리베이터를 타고 전망대에 올랐다. 문이 열리자 할아버지는 미쓰비시 조선소가 내려다보이는 장소에 서서 외치듯이 말했다.

"저기다. 내가 일했던 곳……. 아, 문형크레인도 보인다. 그런데 기바치 기숙사가 있던 장소는 어디예요?"

기숙사가 있던 곳은 공교롭게도 산에 가려 보이지 않았다. 쇼핑몰 끄트머리로 건물이 약간 보일 뿐이었다. 할아버지는 이야기를 계속했다.

"비가 오는 날이나 다쳐서 누워 있을 때, 노래를 부르며 나 자신을 위로했어요."

할아버지가 부르기 시작한 노랫가락은 에이지도 들은 적이 있는 조선의 그 오래된 노래다.

"아리랑 아리랑 아라리요……."

할아버지는 도중에 노래를 멈추고 말을 이었다.

"이것은 강제로 끌려가는 남자를 떠나보내는 여자의 마음을 표현한 노래인데, 한의 노래, 저항의 노래이기도 해요. 자신들이 얼마나 억울한 일을 당하고 있는지, 어떻게 하면 이 고비를 넘길 수 있을지 생각하지 않을 수 없게 되지요."

고개를 끄덕이며 듣고 있던 에이지는 기바치 기숙사에서 동맹파업이 있었을 때, 어르신도 참가했느냐고 물었다. 그러자 할아버지는 바로 밑에 있는 미쓰비시 조선소를 날카롭게 노려보며 "물론이에요."라고 답했다.

"우리는 2년이나 1년이라는 약속으로 끌려왔어요. 그런데 약속한 날이 지나도 돌려보내 주질 않았어요. 화가 나서 일을 하고 싶지 않은 것은 당연한 일 아닙니까. 동맹파업뿐 아니라 도망치는 사람도 잇따랐습니다."

에이지는 고개를 끄덕이며 들었다. 식민지라고는 해도 인력 부족 때문에 다른 나라 사람을 징용해 놓고 그런 약속 위반은 용납될 수 없다.

"그래도 아름답네요. 평화로운 때의 나가사키는……."

아까부터 말없이 아래쪽을 바라보던 하시마에 강제 동원되었던 할아버지가 말했다.

"피폭 후에 도로 정비를 하려고 며칠 만에 이 거리로 들어왔는데……. 그때는 너무 오싹해서 할 말을 잃었어요. 동시에 땡볕에 자신의 그림자가 뚜렷하게 생기는 것이 신기해 보였지요. 왜냐하면 석탄을 파는 일은 새까만 어둠 속에서 하는 일이고, 잠을 잘 때만 지상에서 지냈기 때문이에요. 몇 년이나 자신의 그림자를 볼 일이 없었던 거예요."

그러자 미쓰비시에서 일한 할아버지가 어쩐지 개운치 않은 표정으로 투덜댔다.

"확실히 나가사키는 깨끗한 빌딩이 즐비해 있고 평화로워 보여요. 하지만 전쟁 때처럼 지금도 군함이나 무기를 만들고 있어요. 두 얼굴을 가진 거예요."

할아버지 말 그대로였다.

꾀꾀꾀, 꾀꼴꾀꼴, 이야기가 끊긴 틈새를 경계하듯 기바치 기숙사가 있던 쪽 골짜기에서 꾀꼬리가 지저귀었다.

7

이날도 오전에 수업이 끝났다. 뭔가 허전한 기분으로 식당에 가서 식권을 사는데, 구석에 앉은 호카오가 손짓을 했다. 카레라이스를 식판에 담고 호카오 옆에 앉았다.

"지난번에는 고마웠어요."

호카오가 살며시 웃어 보였다.

"두 분의 이야기, 생생했어요."

에이지는 감상에 덧붙여 이렇게 말했다.

"다만, 한국 사람을 대할 때마다 드는 이 떳떳하지 못한 느낌, 마치 사죄를 해야 할 것 같은 기분은 도무지 어떻게 할 수가 없네요."

"예전에는 나도 그랬어요."

늘 웃는 표정의 호카오는 한국인과 친해져서 솔직한 의견을 나누려고 노력한다고 했다. 그래서 한국에서 온 할아버지들도 호카오의 집에 묵으며 서로 금세 마음을 터놓고 차분하게 의견을 나눌 수 있었다고 했다. 미쓰비시 조선소에서 일했던 할아버지는 한국 원폭피해자협회 회원이었는데, 호카오에게 한국에 있는 원폭 피해자를 방문해 줄 것을 부탁했다고 했다. 그래서 호카오는 여름방학 때 한국에 갈 계획이었다.

그런데 문제가 생겼다. 호카오가 우연히 병원에서 위 검사를 받았는데 종양이 발견된 것이다. 크기가 5mm 정도밖에 안 되는 초기라서 걱정은 안 해도 되었지만, 처가가 있는 오이타에서 수술할 계획이라 당분간은 연극부 고문을 맡을 수가 없었다.

"모처럼 준비하고 있는 연극을 9월 문화제에서 상연할 수 있을지가 가장 걱정이에요."

강제 동원된 조선인 노동자의 모습을 묘사하는 대본은 아직 완성되지 않았고, 시라이시는 하시마에 몇 번이나 왔다 갔다 하며 씨름을 하고 있다고 했다.

"그래서 말인데, 마쓰야마 선생님이 도와주면 좋겠어요. 시라이시는 어휘 부족으로 고민하고 있거든요."

지금 호카오의 부탁을 어떻게 거절할 수 있을까? 에이지는 건성으로 대답했고, 호카오는 승낙으로 받아들였다. 호카오는 정보 제공을 할 생각인지 유영수의 고향을 방문했을 때의 일을 이야기하기 시작했다.

"벌써 사 년 전이지만, 유영수 어르신이 살던 동네에서 강제 동원되었던 현장인 보리밭이나 생가 터를 가 볼 수 있었어요. 일본

군에 수탈당하지 않으려고 쌀을 숨겼던 구멍이나 일본군의 강요로 송진을 줍던 뒷산도 그대로였지요. 그러나 마을 사람 중에 유영수 어르신을 아는 사람은 없었고, 간신히 먼 친척뻘을 찾긴 했는데 그 집에 들르게 해달라는 부탁을 주인이 거절했지요. '저는 실향민이네요.' 하고 낙담한 유영수 어르신을 어떻게 위로해야 할지 알 수 없었어요."

호카오의 이야기를 들으며 에이지는 다시 생각했다. 50년 만에 돌아갔으니 그럴 법도 했다. 유영수는 어째서 해방 후에 곧장 고향으로 돌아가지 않았을까?

우동을 다 먹은 호카오는 슬슬 가야 한다며 일어섰다. 식판을 들고 발걸음을 떼려던 찰나 무언가 생각 난 듯 멈춰 서서 이쪽으로 고개만 돌린 채 말했다.

"그래. 마쓰야마 선생님, 한국어를 배워 보지 않겠어요? 한국인과 사이좋게 지내려면 그게 최고예요. 이런 말투, 강요하는 것으로 들리나요?"

"아니요. 생각은 하고 있었으니까요."

"그럼, 꼭 배우세요. 선생님이라면 금방 배울 거예요."

호카오는 고개를 끄덕이고는 굵직한 몸을 비껴 우르르 몰려드는 학생들 무리 사이를 빠져나갔다.

남은 카레라이스를 서둘러 먹으며 에이지는 한국어를 진심으로 공부해 봐야겠다고 생각했다. 호카오에게 권유를 받아서가 아니다. 얼마 전에 한국에서 온 두 할아버지에게 하시마와 나가사키를 안내했을 때 느낀 것이었다. 가르치면서 발음도 잘 못하는 영어보다는 두 할아버지가 말하는 한국어가 어쩐지 귀에 편안하고 친숙했다. 음성이나 표정으로 의미를 알 것도 같았다. 주변을 차지한 학생들에게 밀려나듯이 에이지는 자리에서 일어섰다.

그날 해 질 녘, 한국어 사전을 바로 구해서 폭심지공원을 지날 때였다. 위령비 앞에 무릎을 꿇고 있는 사람이 있었다. 고개를 떨구고 있어 얼굴은 보이지 않았지만, 작고 뼈가 앙상한 체구가 눈에 익었다. 빠른 걸음으로 다가가 바로 옆에 멈췄다. 그 사람은 인기척을 느꼈는지 고개를 들었다. 역시 유영수였다. 인사를 하자 약간 수줍은 표정을 지으며, 어색한 움직임으로 일어섰다.

"그날이 다가오면 동료가 소리쳐요. 여기에……. 하지만 선생님을 만나 다행이에요. 들어주었으면 하는 이야기가 아직 많이 있으니까요."

유영수가 양 무릎에 묻은 흙을 손끝으로 털며 변명하듯이 말했다.

"실은 저도 유 선생님께 말씀드릴 게 있어요."

길에 서서 이야기하기는 불편해서 가까이 있는 벤치로 가 마주 앉았다. 골똘히 생각하는 눈빛으로 유영수는 말하기 시작했다.

"여기에 오면 죽은 동료의 소리가 들려와요. '아이고. 물 달라. 죽겠다. 나는 왜 죽임을 당했나? 왜 이런 곳에서 죽임을 당했나?'"

그런 말은 한국어였다가 일본어였다가 한다고 했다. 밀려닥치는 소리에 참을 수 없는 지경이 되어 위령비 앞에 무릎을 꿇고 있었던 것이었다.

"다들 젊었으니까요. 원한을 품고 있어요. 아직도 구천을 떠돌며 울고 있어요."

잠시 말을 멈춘 유영수는 몹시 괴로운 표정을 짓더니 말을 이었다.

"죽은 동료를 생각하면 이렇게 살아 있는 내가 죄스러워 견딜수가 없어요. 일본인의 권유로 내 경험을 증언하고 있지만, 혼자 살아남아 사람들 앞에 선 유영수는 가짜로 생각돼요. 오늘 아침에도 일어나 거울을 보고 어라, 하고 생각했어요. 진짜 내 얼굴이 아니다. 한동안 고개를 갸웃거렸지요. 하지만 학생들 앞에서 증언하기 때문에 넥타이를 매고 한 벌뿐인 신사복을 갖춰 입었어요. 막 외출을 나서려던 참에 방송국에서 취재 의뢰 전화가 걸려 왔고 그것도 거절하지 않았지요. 그런데 요즘 나이를 먹어서인지 말하면 안 되는 마음속 말을 그대로 내뱉고 얼굴에도 나타나요. 그러면 안 된다고 반성하고는 있어요."

유영수는 여기까지 이야기하고는 후, 하고 한숨을 크게 내쉬었다.

"무슨 일이 있었습니까?"

"어제 일이에요."

에이지가 묻자 유영수가 고개를 끄덕이며 자초지종을 설명했다.

"수학여행을 온 초등학교 학생 앞에서 늘 하던 대로 원폭 피폭에 대한 이야기하기 시작했는데, 아이들이 잡담을 하거나 서로 쿡쿡 찌르거나 장난치면서 집중을 하지 않는 거예요. 그래서였다고는 말하고 싶지 않지만, 안타까운 나머지 무심코 목소리에 힘이 들어가고 몸짓 손짓도 커졌지요. 그러자 한 여자아이가 무섭다고 훌쩍훌쩍 울기 시작했어요……. 끝나고 나서 아이들을 인솔한 여자 선생님이 다가와서 사과하더군요. '중요한 말씀을 하시는데 죄송했어요. 하지만 아이들에게는 좀 더 상냥하게 말씀해 주시면 좋겠습니다.'라고요.

나는 속상했어요. 하지만 내가 잘못했지요. 어제는 어째서인지 말을 시작하자 죽은 동료들의 얼굴이 차례차례 나타나 부추기는 거예요. '좀 더 생생하게 이야기해. 우리의 원통함은 그런 게 아니야.' 그래서 무심결에 팔을 팔랑개비처럼 돌리거나 큰 소리를 냈어요. 아마 얼굴도 귀신 같았을 거예요."

에이지는 다시 한숨을 쉬는 유영수를 어떻게 위로해야 할지 떠오르지 않았다.

"여기가 일본이라 그런 힘든 일을 겪는 거예요. 유 선생님은 역시 고향에 돌아갔어야 했는지도 몰라요. 왜 계속해서 일본에 남아 있었던 거예요?"

에이지는 별 생각 없이 말을 하였다. 그러자 유영수의 얼굴이 빨개지더니 성난 얼굴로 외쳤다.

"뭐라고? 지금, 뭐라고 했어? 일본에서 떠나라고? 당신도 역시 나 같은 말을 하네. 나에 대해 조금도 모르고 있어."

"조금도라니요? 저는 선생님에 대해 알려고 노력하고 있어요. 이래 봬도요."

"아냐. 전혀 알지 못해. 당신은 내 아들과 겉모습이 비슷한 데다 좋은 사람이지요. 하지만 이걸로 됐어요. 식민지 지배를 당한 사람의 고통, 당신이 알 리가 없어요. 자이니치(在日)인 나는 말이지, 일본의 식민지 지배로 강제적으로 끌려와서……. 그래서 일본에서 살게 된 거야. 그걸……."

"알고 있다니까요."

아니, 모른다. 알고 있다. 한동안 이렇게 입씨름을 계속하였다. 에이지는 유영수가 왜 그렇게 갑자기 화가 났는지 영문을 알지 못했다. 자신이 그 정도로 심한 말을 했단 말인가? 왜 한국으로 돌아가지 않았는가? 에이지 스스로는 소박하다고 생각한 질문을 유영수는 "한국인은 한국으로 돌아가. 일본에서 떠나."라고 받아들여 오해하고, 이 나라에서 살아갈 권리를 침해당했다고 생각한 것일까? 나는 그런 의도는 조금도 없었다. 가느다란 어깨를 치켜올리고 한쪽 다리를 약간 질질 끌며 사라져 간 유영수. 그 모습을 바라보며 에이지는 갑자기 묵직하게 느껴지기 시작한 한국어 사전을 가만히 오른손으로 바꿔 쥐었다.

8

그 뒤로 유영수를 만날 기회는 없었지만, 머리 한구석에는 늘 유영수가 있었다. 첫째는 유영수를 모델로 한 대본을 쓰고 있는 시라이시가 자주 조언을 구하러 오기 때문이었다. 연극 제목은 '지옥의 섬'으로 정했다고 하는데, 좀처럼 사람들이 볼 만한 연극으로 완성되지 않는다고 고민했다. 호카오는 입원 중이었고, 젊은 에이지에게 무언가를 상담하거나 하소연하기 편했던 모양이다. 처음에는 고문도 아닌데 곤란하다고 생각했지만, 밤이 깊도록 고심하는 열성에 감동받았다. 가끔은 밤늦게 택시를 타고 와서 함께 장면을 구성하며 밤을 새운 적도 있었다. 에이지는 어느새 시라이시의 엄청난 에너지에 끌려다니게 되었다. 이렇게 '지옥의 섬'의 대본 작업에 참여하는 사이에 여름방학이 끝났다.

9월 초 어느 날, 수업이 없는 날이었지만 출근했다. 책상 앞에 앉아 수업 자료를 만들기 시작했지만 아무래도 정신이 어수선하고 뒤숭숭해서 집중할 수 없었다. 일을 잠시 멈추고 운동장으로 눈을 돌렸다. 햇빛이 조금 누그러진 탓일까. 나무들의 초록빛이 옅어지고 있었다. 애매미가 우는 소리도 들려왔다.

에이지는 후, 하고 한숨을 쉬고 책상 위에 놓인 타블로이드판 《연극부 통신》에 손을 뻗었다. 《연극부 통신》은 시라이시와 친구들이 발행하는 소식지이다. 유영수의 이야기를 머리기사로 실었고, 호카오의 근황과 부원들의 프로필이 들어가 있었다. 나이 탓인지 수술하고 회복이 더디다고 푸념하는 호카오가 좀 전에 얼굴을 내밀고는 《연극부 통신》 1부를 유영수에게 전해 주면 좋겠다고 했다.

"유영수 어르신을 아무래도 상대하기가 어렵습니다. 피해 의식이 강한 거 같아요."

에이지는 마음이 내키지 않음을 분명히 전했다.

"하하. 선생님도 유영수 어르신의 독기에 놀랐군요."

호카오는 오히려 유영수를 감쌌다.

"그분도 세월에는 당할 수가 없는 거예요. 요즘에는 내면에서 소용돌이치는 감정 그대로 눈앞에 있는 사람과 부딪쳐 버리거나, 종잡을 수 없는 응답을 할 때도 있어요. 그래서 뒷걸음치는 사람도 있지만, 아무쪼록 너그럽게 봐 줘요."

에이지가 입을 다물고 있자 호카오는 다시 말했다.

"유영수 어르신은 말로 표현할 수 없을 정도의 고난을 숱하게 넘기며 살아온 분이지만, 원폭 피해 체험을 이야기하면서 많은 사람과 연결되며 자신을 단단하게 다져 온 사람이기도 해요. 병으로 일을 할 수 없는 좌절감 속에서 혀가 빠지게 살아가는 의미를 구했다고도 할 수 있지요. 그런데 그런 증언 활동을 그만하고 싶다고 말하고 있는 거예요. 그래서 걱정이에요. 한 번 뵈러 가고 싶지만, 저도 아직 병원에 다니면서 요양 중이라 선생님께 부탁하는 거예요."

어떻게든 유영수를 만나러 가 주길 바라는 듯했지만, 에이지는 입을 꾹 다물고 있었다. 그리고 호카오가 다른 선생님의 호출을 받고 교무실을 나서자, 에이지는 다시 수업 준비를 하러 자리로 돌아갔다. 그러나 유영수의 깊은 외로움을 띤 얼굴과 눈빛이 떠올라 일이 전혀 손에 잡히지 않았다. 이전에 그렇게 헤어진 것도 내내 마음에 걸렸고, 오해를 풀고 싶기도 했다. 조금 망설이다 안부를 묻는 전화를 걸어 보기로 했다.

"아, 그 젊은 선생님이군요."

유영수는 상대방을 확인하고는 저번에 입씨름을 한 것을 기억하지 못하는 듯이 다정하게 응답했다.

"일부러 전화를 다 해 주시고 고맙습니다. 실은 지난주에 넘어져서……. 그러고 나서 다리가 아파 걸을 수 없게 되었어요. 그래서 2주 동안 도우미가 오고 있는데, 이제 증언 활동은 그만두기로 했어요."

이야기를 듣고 걱정이 되어 곧바로 가 보기로 했다. 눈앞의 일은 돌아와서 다시 하기로 했다.

호카오가 놓고 간 지도를 보고 찾아가니 유영수는 자동차가 들어갈 수 없는 언덕 위의 오래된 작은 집에 살고 있었다. 깔끔한 성격인지 방은 잘 정리되어 있었다. 더 정확히 말하자면 가구가 거의 없었다.

텅 빈 방에서 덩그러니 혼자 앉아 있는 유영수는 한동안 못 본 사이에 또 한 뼘은 작아진 것 같았다. 열이 나도 이불을 개켜 올리고 내리는 일이나 속옷을 빠는 일은 스스로 하고 있다고 말하는데, 얼굴빛은 좋지 않았고 눈은 거뭇해져 있었다. 에이지는 무언가 도울 일이 없는지 물었다. 유영수는 사양하지 않고 오랫동안 벽장에 넣어 둔 채로 방치된 이불을 햇볕에 내걸어 말리고 싶다고 말했다. 벽장에서 꺼낸 이불을 빨래 장대에 걸었는데 상당히 눅눅해져서 무거웠다.

방으로 돌아오니 유영수가 늘 마시는 듯한 따뜻한 유자차를 컵에 따라 주었다. 신맛이 좀 강한 유자차를 한 모금 마시고, 벽에 붙어 있는 수학여행 학생과 함께 찍은 사진이나 감사 편지를 눈여겨보았다.

"선생님의 증언을 더는 들을 수 없다니 안타깝네요."

"나도 아무리 몸이 안 좋아도 아이들에게 증언 활동을 하는 거 중요하게 생각했어요. 그걸 그만두면 나는 더 이상 살아 있을 가치가 없다고 생각해요. 오히려 죽는 편이 낫지요."

유영수는 난처한 표정을 지으며 거친 말투로 대꾸했다.

"무슨 말씀을 하시는 겁니까?"

에이지가 강하게 말했다.

"살 가치가 없는 사람은 없습니다. 선생님도 이쯤에서 편안히 쉬셔도 됩니다."

이렇게 말하고 나서야 에이지는 다시 자신이 말실수한 것을 깨달았다. 유영수는 편히 쉬고 싶어도 그게 불가능한 사람이었다. 그걸 알고 있으면서도 어째서 이런 식으로 남을 위하는 척 말을 하는 것일까.

"여기에 선생님의 증언이 실려 있어요."

에이지는 머쓱해 하면서 《연극부 통신》을 꺼내 유영수에게 내밀었다.

에이지는 유영수가 찾고 있는 사람에 대해 알아본 것을 말하려고 했으나, 아무것도 알아내지 못했고 조선인 기숙사가 분명히 있었다는 기록조차 찾지 못했다고 하면 실망할 것 같아 주저했다.

대신 에이지는 기바치 기숙사에 있었던 사람을 만난 이야기를 했다. 그 사람은 원폭 투하보다 앞서 일어난 동맹파업에도 참가했었다고 말하니 순간 유영수의 눈이 번뜩 빛났다.

"그 기숙사에 있던 동포들 중에는 똑똑한 사람이 많았고, 8월 15일에 해방되었을 때 미쓰비시와 교섭하여 귀국선을 준비시킨 사람들도 있었어요. 나도 작은 목조선을 빌린 그룹과 함께 돌아가자고 권유를 받았지요. 그러나 거절했어요."

유영수는 그 무렵의 일을 떠올리며 기분이 고조된 것 같았다. 그러고는 왈칵 쏟아내듯이 또 혼잣말을 시작했다.

"나는 고향에서 기다리고 있는 사람이 없었어요. 필요도 없는 놈이 돌아왔다는 취급이나 당하고 큰아버지의 머슴살이를 하는 수밖에는 없었지요. 그건 싫었어요. 아직 열여섯 살이었고 거리로 내쫓기더라도 여기 일본에서 그럭저럭 살 수 있을 것 같았어요. 만일 고향으로 돌아간다면 둘이서 함께 도망가기로 약속했던 친구를 찾아서 함께 돌아가고 싶다는 생각도 했어요. 그래서 나가사키에 남아서 동포가 하는 공사 현장에 있는 식당을 찾아가 일자리를 얻었고요. 토목 공사나 건설 현장에서 일한 지 이삼 년 지났을 무렵 세숫대야에 피를 한가득 토했어요. 결핵에 걸린 거예요. 입원 생활이 시작되었는데 일본인 환자들이 괴롭혀서 어디서도 오래 있을 수는 없었지요.

하시마 탄광에 있을 때 낙반 사고가 잦아서 동료가 많이 죽었는데, 그래서인지 석탄 찌꺼기와 돌들이 머리 위로 떨어지는 꿈을 자주 꿨어요. 크게 다쳤는데도 아무도 도와주지 않는 그런 꿈이어서 나도 모르게 큰 소리를 질렀어요. '죽겠다. 살려 주세요.' 그러면 '조선인이 뜻도 모를 잠꼬대를 해서 잠을 잘 수가 없다.', '너 언제까지 일본에 있을 거냐?', '조선으로 돌아가라.'는 식으로 저마다 비아냥거리거나 쿡쿡 찔러 댔어요. 그냥 물러서기는 분해서 '나는 강제로 일본에 끌려왔다. 너무 혹사당해서 병에 걸렸다.'고 되받아쳤지요. 그러면 이번에는 '조선인 주제에 뭐라고 지껄이는 거야?'라며 때리고 덤비는 거예요. 그래서…… 의사가 말리는 것을 뿌리치고 요양소를 뛰쳐나왔어요."

원폭보다 민족 차별이 무서웠다고 말한 유영수의 기분을 아주 조금이나마 알 것 같았다. 유영수는 천장의 얼룩을 가리키면서 집을 빌리는 어려움에 대해서도 말했다.

"이 집은 비가 새요. 오래되었으니까요. 주인에게 말해도 고쳐 주질 않아요. 곧 건물을 헐 거라고. 이사를 다섯 번 했는데 늘 이런 집밖에는 들어갈 수가 없어요."

널어놓은 이불이 마르면 벽장에 집어넣고 돌아가려고 마음먹고, 에이지는 차분히 앉아서 유영수의 이야기를 들었다. 그리고 깨달은 것이 있었다. 유영수는 같은 내용을 반복해서 말하고 있었다. 필요한 물건은 손이 닿는 곳에 전부 놓여 있는 것 같지만, 화장실에 가려면 앉은 채로 무릎걸음으로 이동해야 했고, 찻잔을 쥔 손도 떨고 있다. 집에 불이라도 나면 어떻게 도망칠까. 그냥 둘 수는 없다는 생각이 들었다.

에이지의 할아버지는 아직 건강하지만, 벌써 시설에 들어갈 준비를 하고 있다. 지난번에 함께 실버주택 여러 곳을 돌아보았지만, 결국은 돌봄 서비스가 제공되는 양로원 어딘가에 입주할 것이다.

"그런데 유 선생님이 만일 양로원에 들어가신다면 어떤 곳이 좋으세요?"

오지랖이 넓은 것인지도 모른다고 생각하며 말을 꺼냈다.

유영수는 아무 대답도 하지 않았다. 무슨 말을 하는 건지 모르겠다는 표정이었다. 에이지도 같은 말을 두 번 하고 싶지는 않았다.

잠시 뒤에 에이지가 돌아가려고 일어서자 유영수가 입을 열었다.

"그렇지 않아도…… 걱정해 주는 사람들이 있어요. 그렇지만 도저히 결심이 서질 않아요."

에이지는 천천히 뒤돌아보며 되물었다.

"마음에 들지 않았나요?"

"뭐, 내가 제멋대로니까요. ……요양 중에 괴롭힘을 당한 일이 떠올라서……. 그래서 사실은 혼자 있는 게 좋아요. 정말이지, 사는 데 지쳤어요. 하지만 역시 아직은 더 살고 싶어요…….”

고개를 떨구는 유영수에게 에이지는 아무 말도 할 수 없었다. 이불을 벽장에 집어넣고 찜찜한 기분으로 작별 인사를 했다. 그리고 ‘지옥의 섬’을 공연할 때는 꼭 보러 와 달라고 부탁했다.

“안 갈 수 없지요. 저에 대한 이야기니까요.”

이렇게 대답하는 유영수의 눈에는 확신의 빛이 깃들어 있었다.

9

오늘이 첫 연습 날이라고 해서 에이지는 연극부실이 있는 옛 학교 건물의 체육관으로 갔다. 연극부실에 들어가니 시라이시가 혼자서 짙은 눈썹을 일자로 그은 듯한 엄숙한 표정으로 앉아 있었다.

다른 연극부원은 어디 갔냐고 묻자, “무대는 암전되었어요.”라고 시라이시가 어깨를 늘어뜨린 채 대답했다. 연극부원들에게 대본을 나눠 주고 나서 연습을 막 시작했는데, 주인공 역할을 맡은 부원이 “이런 거 하고 싶지 않아. 난 그만둘래.” 하며 대본을 내던지고 자리를 뜨자, 한 사람 두 사람 차례로 연극부실을 나가 버렸다고 한다.

낌새가 없었던 것도 아니다. 며칠 전 주인공 역할을 맡은 부원의 아버지가 시라이시의 집에 전화를 했다.

"왜 너희들은 굳이 조선인이 주인공인 연극을 하려는 거냐? 하시마에서는 일본인도 많이 일했을 거야. 말해 두겠는데 그런 연극은 아무도 보러 가지 않아. 기왕 하는 거 모두가 즐길 수 있는 걸 만들어라."

그 아버지는 끈적끈적한 말투로 그렇게 말했다고 한다.

"네. 모두와 의논해 보겠습니다."

시라이시는 석연치 않은 상태로 전화를 끊고, 연극부원 몇 사람에게 알렸다. 그때의 반응은 "신경 쓰지 마."라는 것이었고, 다른 작품으로 바꾸자는 의견은 나오지 않았다. 오늘 첫 연습날 이런 식으로 뒤통수를 맞을 줄은 생각지도 못했다. 대역을 모집하려고 해도 이날 얼굴을 내밀지 않은 부원은 여름방학에 사고를 쳐서 근신 중인 학생이나 진학과 취직에 집중해야 하는 3학년밖에는 없었다.

"그래서 호카오 선생님께도 말씀드렸는데, 올해 문화제에서 공연을 포기할 수밖에 없게 되었어요."

"겨우 알찬 내용으로 완성했는데 어쩌나. 하지만 다른 기회가 생길 거야."

이렇게 말하며 위로했지만 에이지도 실망했다.

"그렇지만 저는 도전을 할 수 있어서 좋았어요."

시라이시는 자신을 납득시키려는 듯이 고개를 끄덕이며 말했다.

"호카오 선생님은 우리들의 연극이라고 자유롭게 할 수 있도록 맡겨 주셨고, 마쓰야마 선생님은 밤을 새워 가며 대본 수정을 해 주셨어요. 좋은 경험이었고 역사 공부도 되었어요. 어쨌든 이 '지옥의 섬'을 저의 출발점으로 생각하려고 해요. 여기서부터 저의 진짜 인생이 시작된다고 말이에요. 확실히 연극은 혼자서는 할 수 없어요. 다른 부원은 무언가를 호소하고 싶다든가, 무언가에 분노한다든가, 그런 것이 아니라 자신에게 어울리는 가벼운 역할을 연기하고 싶었을 거예요. 그렇다면 왜 분명히 그렇다고 주장하지 않는 건지. 하지만 저는 그들의 속마음을 알고 있더라도 지금으로선 그들 기분에 맞춰 대본을 쓰고 싶지는 않아요. 어쨌든 저는 할머니의 무릎 위에서 그날 있었던 일을 몇 번이고 들으며 자랐으니까요……."

시라이시의 말에 귀 기울이며 여기에도 증언자 한 사람이 있다고 생각했다.

어느새 해가 져 돌아가는 발걸음을 재촉했다. 에이지와 시라이시는 달빛 속을 나란히 걸었다.

"이번 연극 공연을 가장 기대했던 사람은 역시 유영수 어르신일 거야."

"저도 그렇게 생각해요. 그분은 자신의 이야기가 전설이 되기를 바랐으니까요."

시라이시는 유영수의 이야기를 몇 차례 듣는 도중에 그렇게 느
꼈다고 했다.

그렇구나. 전설인가? 교문을 지날 때 이제 막 물이 들기 시작한
멀구슬나무를 올려다보니 올빼미가 한 마리 앉아 있었다. 뭔가를
묻는 듯이 고개를 갸웃하며 이쪽을 보고 있었다. 물기가 어린 듯한
그 눈동자를 되짚어 보면서 에이지는 문득 떠오른 생각을 말했다.

"이렇게 하면 어떨까? 그 대본, 유영수 어르신께 전해 드리러
가지 않을래? 아, 아니, 그 한 사람만을 위해 낭독하고 싶어."

"네. 그거 좋은 생각 같아요. 해요."

"너와 나, 오늘 저녁에는 의견이 잘 맞는구나."

"마음이 잘 맞는다는 거잖아요."

"어때? 오늘 저녁에 당장 둘이서 이 대본을 읽으며 서로 맞춰
보자. 1인 3역 4역도 좋지 않아?"

"점점 더 좋아요. 지금 선생님 댁으로 가도 되나요?"

"되다마다."

"하지만 집에 계신 다른 가족이 시끄러워 하지 않을까요?"

"괜찮아. 할아버지는 귀가 어두우시거든."

"그럼, 결정! 일본인 노무 관리자랑 일본인 술주정꾼, 그리고 헌
병역은 선생님이 해 주세요."

"악역은 전부 나냐?"

"아니요, 보세요. 있잖아요. 접대부 역할도. 잊지 마세요."

"아, 그랬지. 유영수 어르신에게 배운 자장가도 넣어서 연기할 거야."

"앗, 진짜요? 대단해요."

시라이시와 주거니 받거니 하는 대화가 끊기지 않고 계속 이어졌다.

달빛에 비친 크고 작은 그림자 두 개가 길게 뻗었다 줄었다 하는 것을 보며 에이지는 언덕길을 천천히 앞서 내려갔다.

이시키강 강변

마을과 반딧불이를 지키는 사람들

1

전차가 요란하게 다가오는 소리가 바로 가까이에서 들려온다. 어째서 전차 소리라고 생각했는지는 모르겠다. 하지만 야기 노보루는 다음에 일어날 일을 알고 있다. 꿈인 줄 알면서도 '죽임을 당한다'고 생각한 순간 몸은 경직되고 심장 박동이 쿵쾅쿵쾅 빨라진다. 아마도 환청이겠지만 땅이 울리는 듯한 소리가 갑자기 커지며 전차의 검은 그림자가 점차 모습을 드러낸다. 그리고 그것은 발톱 끝부터 정강이, 허벅지, 복부, 가슴까지 짓눌러 온다. 눈앞에서 불꽃이 터진다. 아무것도 보이지 않게 된다. 잠시 뒤에 거짓말처럼 그 울림은 머리끝부터 빠져나가 몸의 경직도 풀린다. 그러나 심장은 아직도 빠르게 뛴다.

악몽에서 깨어났을 때 덧문으로 새어 들어오는 햇빛이 바닥에 황금빛의 줄무늬를 그리고 있었다. 일어나면서 살아 있음에 안도했다. 동시에 지금까지 없었던 심신의 피로를 느꼈다. 머리가 띵하고 나른했다.

늘 다니는 심료내과*(心療內科)에 갔다.

"전차의 진동이 들린다고요? 전쟁을 경험한 적도 없는데 말이죠?"

나이 든 의사가 고개를 갸웃거리더니 잠시 문진을 하고 나서 덧붙였다.

"스트레스 때문에 오는 신경증 같습니다. 이삼 개월 일을 쉬면 어떨까요?"

노보루는 이 악몽뿐 아니라, 오래전부터 건초염**에도 시달리고 있었다. 그래서 의사의 조언에 따르기로 했다. 이날 일하는 광고 대행사에 출근하자마자 3개월간 휴직계를 냈다. 상사는 떨떠름한 얼굴로 비정규직 사원이 이렇게 오랫동안 쉬면 복직할 수 없을지도 모른다고 했다.

"어쩔 수 없지요."

노보루는 지금 다니는 회사에서 계속 일하고 싶은 생각도 없

---

* 내과와 정신과가 결합된 의원.
** 힘줄을 싸고 있는 막에 생기는 염증.

었다.

도쿄 시내에 위치한 빌딩 9층에 있는 이 회사에서 일한 지 벌써 20년이 되었다. 작은 상점의 간판 글씨부터 신문 광고 전단지, 방송국 영상 자막 광고 제작, 컴퓨터 그래픽 작업 같은 지시받은 일은 모두 열심히 했지만, 일손이 달려 업무량과 피로감이 한계에 다다랐다. 노보루는 호리호리한 체형이었지만 최근에는 식욕 부진으로 한층 더 말랐다. 아침 일찍 일어나 만원 전차에 시달리며 출근하면 직원을 기계 부품처럼 혹사하는 상사 밑에서 밤늦도록 일했다. 실수라도 하면 다른 사람들 앞에서 질책당하기 일쑤였다. 나이 탓도 있고 해서 이러한 나날의 일상이 점점 힘들어졌다.

그날 저녁, 책상을 정리한 뒤 창 너머를 내려다보니 회색 콘크리트의 그늘진 곳에 자동차 전조등의 황색 빛과 후미등의 붉은 빛이 좌우 두 줄기 빛이 되어 저 멀리까지 이어지고 있었다. 서쪽으로 줄지어 있는 붉은 후미등을 바라보면서 노보루는 고등학교를 졸업하면서 떠난 고향을 떠올렸다.

노보루의 고향은 나가사키현(長崎県) 중부 산간에 있는 유리야 마을이다. 집 앞에는 고쿠조산(虚空蔵山)에서 시작되는 이시키강(石木川)의 맑은 물이 흘렀고, 초여름에는 수천 마리나 되는 반딧불이가 춤추듯 날아다녔다. 생각만 해도 몸의 깊은 곳에서 무언가가 꿈틀댔다. 휴대전화를 꺼내 어머니에게 전화를 걸었다. 벨이 울리자마자 어머니가 전화를 받았다. 사정이 있어 당분간 고향 집에서 지내겠다고 말했다.

"집에 온다고? 언제? 어머, 무슨 바람이 불어서일까나? 어쨌든 빨리 얼굴을 보여 줘."

어머니가 기뻐하셔서 안심했다.

"모내기는 벌써 끝났지요?"

"막 끝났어."

어머니는 들뜬 목소리로 대답했다.

반딧불이 축제가 끝난 다음 날부터 논에 물을 대고 써레질을 시작했다. 물 댄 논은 큰 거울이 되어 주변 풍경을 모두 비추곤 했다. 정말로 아름다웠다. 이 모습은 모내기를 시작하기 전 며칠 동안만 펼쳐지는데, 볼 때마다 감탄했다.

"재판 때문에 올해는 시간을 많이 빼앗기고 있어. 그래서 걱정했는데……."

어머니는 목소리 톤을 낮추며 말했다.

"밭 갈고 김매고, 풀 뽑고 논둑 만드는 모내기 준비를 동네 사람들이 도와줘서 간신히 마쳤어."

"다행이네요."

별생각 없이 맞장구를 치며 노보루는 깨달았다. 휴대전화 너머로 논에서 울어 대는 개구리들의 높고 낮은 합창 소리가 들려왔다.

"우와, 그리운 소리. 개구리가 벌써 울고 있네요."

무심결에 노보루의 목소리가 커지자 어머니는 느긋한 음성으로 대답한다.

"들려? 여기저기서 울어 대. 뭔가 신호를 보내는 건지, 가끔 뻑 하고 울음을 그쳐."

노보루는 조금 걱정이 되었다.

"어머니, 이렇게 늦은 시간까지 논에 있어요?"

그러자 어머니는 마을 대표 집에서 댐 문제로 회의를 하고 지금 논길을 지나 집으로 돌아가고 있다고 했다.

노보루는 그런가 보다 했다.

유리야 마을 사람들은 반세기도 더 전부터 이시키강을 가로막고 댐을 세우려는 정부 정책에 반대해 왔다. 10년 전에 신용금고와 어린이집을 정년 퇴직한 아버지와 어머니는 지금도 댐 건설 반대 활동에 힘쓰고 있는 것 같았다.

"지금도 시위를 하고 있는 거죠?"

"뭐? 지금도 하냐고? 그야 당연하지. 저쪽이 공사를 중지할 때까지 계속해야지."

어머니는 목소리를 높였다.

납득할 수 없는 댐 건설 때문에 정든 집과 땅을 강제로 빼앗기고, 자손에게 남겨 주고 싶은 풍요로운 자연이 물속에 잠기게 생겼는데 가만히 있을 수 없었다.

"이런 때, 네가 와 주면 힘이 되지."

어머니가 이렇게 대놓고 기뻐하시니 노보루는 어안이 벙벙해 "끙" 하고 신음을 했다.

"그럼, 기다리고 있을게."

전화가 끊긴 뒤에도 한참 동안 그 자리에 서 있었다. 당장이라도 날아가고 싶은 고향이었다. 그러나 아버지와 어머니가 있는 힘을 다해 시위를 하고 있는 고향에 어떤 얼굴로 돌아가야 할까. 살짝 문턱의 높이를 느끼기 시작했다.

2

자질구레한 정산을 마치고 그림 도구들을 먼저 보낸 다음, 사흘 뒤 비행기 편으로 고향에 갔다. 점심 조금 못 미쳐 나가사키에 도착해 2량짜리 완행열차에 올라탔다. 이 열차는 시사이드 라이너(seaside liner)라는 이름처럼 오무라만(大村湾) 바닷가를 따라 달리는 것이 좋았다. 바닷물 위로 곳곳에서 물고기가 튀어 올라 은색 비늘을 빛냈다.

오무라만으로 흘러 들어가는 가와타나강(川棚川)의 지류인 이시키강에 나가사키현과 사세보시가 댐을 만들려고 하는 것이다. 댐

이 생기면 노보루네 본가의 논밭과 산은 전부 물속에 잠긴다. 어젯밤 어머니는 나가사키현이 유리야 마을 전 세대의 토지와 집을 강제 수용하는 절차를 마쳤다고 했다.

그다음은 지사가 행정 대집행을 하느냐 마느냐 하는 단계까지 왔다는 것이다. 지금 살고 있는 사람을 강제로 쫓아내고 집과 토지를 불도저로 뭉개 버리는 게 용납될 수 있는 일인가? 내 고향은 지금 SOS를 치고 있다. 지금까지 그랬던 것처럼 계속 외면하고 있을 수는 없다는 생각이 들었다.

고등학교에서 미술을 배운 노보루는 고교 미술전이나 현(縣)* 미술전에서는 늘 상위 입상을 했다. 그래서 미대 진학을 목표로 도쿄에 있는 학원에 들어갔지만, 미대에 합격하지 못해 아르바이트로 지금 회사에서 일을 시작한 것이다. 노보루가 태어나기 전부터 아버지와 어머니는 댐 건설 반대 운동에 앞장섰지만, 노보루는 같은 길을 걸을 생각은 없었다. 마음속에서 우러나오는 대로 자유롭게 살고 싶었다. 무언가에 얽매이고 싶지 않아 지금껏 고향에 돌아가지 않았는데 병들고 나니 고향이 한층 그리웠다.

지난해 초가을 집에 왔을 때의 일을 떠올렸다. 일하는 어머니를 대신해 노보루를 자주 돌봐 주셨던 할머니가 돌아가신 것이다. 오

---

* 우리나라의 도에 해당한다.

랜만에 고향 집 앞에 서니, 앞마당에 있는 300년 된 감나무는 엷은 주황색 열매를 매달고 가을을 민감하게 받아들이고 있었다. 유리야 마을에 있는 대부분의 집이 그렇듯이 노보루가 나고 자란 집도 뒤로는 병풍처럼 푸른 산이 펼쳐져 있고, 앞으로는 손이 닿을 듯한 거리에 맑은 이시키강이 흐르고 있었다. 할머니 장례식에는 마을에 사는 거의 모든 사람이 온 것 같았다. 노보루는 사람들과 잠깐 대화를 나눌 새도 없이 곧장 돌아가야 했다. 그래도 스님의 독경이 끝나고 뒤쪽 논에서 혼자 할머니를 추모할 수는 있었다.

벼 이삭은 황금빛으로 묵직하게 고개를 숙여 벼 벨 시기가 가까웠음을 알렸다. 그러고 보니 발밑 도랑에는 피라미인지 미꾸라지인지 작은 물고기 그림자가 재빨리 움직였다. 이 논과 밭에서 땀범벅이 되며 일하던 할머니의 모습이 떠올랐다. 할머니는 날아오는 나비나 잠자리, 하늘을 나는 새와 논에 사는 생물 이야기를 얼마나 사랑스럽게 들려주었던가. 그뿐 아니라 전쟁 때의 무섭고 괴로웠던 일들을 이따금 이야기하며, 어린 노보루에게 전하려고 했다. 또 그 이야기야? 하고 흘려듣는 때가 많았지만, 듣는 동안 몇 가지 내용은 영화의 한 장면처럼 뇌리에 새겨졌다. 지금도 어디선가 할머니의 목소리가 들려오는 듯했다.

"공습은 무서웠어. 은빛으로 반짝반짝 날개를 빛내며 미군의 폭격기가 자주 날아왔어. 그때마다 공습경보 사이렌이 울리고 방공호로 도망쳐야 했지."

할머니의 이야기에서 잊을 수 없는 것은 1945년 7월 31일의 가와타나 공습이었다. 오전 10시 무렵이었다. 미군의 은색 폭격기 7대가 저공비행으로 가까이 다가왔다. 집의 지붕에 닿을락 말락 할 만큼 바로 눈앞으로 다가왔고, 엄청난 폭음과 폭풍을 몰고 왔다. 급히 방공호로 도망쳤으나 이때 공습으로 집은 무너지고 밭에는 큰 구멍이 생겼다. 그뿐 아니라 마을에서 갓난아기를 포함해 69명이 목숨을 잃었다. 강 상류에 있는 마구간에서 말도 열다섯 마리가 죽었고, 강물은 새빨갛게 물들었다. 또 8월 9일, 나가사키 원폭을 만난 할머니의 오빠, 그러니까 아버지의 외삼촌 이야기도 몇 번이나 해 주었다.

"나는 오빠가 죽었다고 생각했는데, 뜻밖에도 보름 만에 돌아온 거야. 엄청 놀랐지."

그때 경찰학교 연습생이었던 할머니의 오빠는 기숙사 화장실에서 피폭되었는데 무사했다. 그러나 그 뒤 교관을 따라 피폭자 구호와 사체 수습에 동원되었다고 했다. 그렇게 일주일을 지냈더니 심한 설사 증상이 나타나 작업을 계속할 수가 없었다.

"중환자가 이렇게 많은데 당신들을 진료할 여유가 없어요. 감나무 잎을 끓여 마시면 괜찮을 겁니다."

구호소에 갔지만 진료를 받지 못하고 쫓겨났다. 그래서 교관의

허락을 받고 유리야 마을로 돌아왔지만 집에는 감나무가 없었다. 상류 쪽에 300백 년 된 감나무가 있는 집이 있어서 잎을 좀 나눠 달라고 부탁했다. 그 집에는 또래 남자아이가 있었는데 아주 상냥 해서 잎을 따는 것도 도와주었고, 감이 익으면 그 작고 단 감을 따 다 주기도 했다.

"그 남자아이가 나랑 결혼한 네 할아버지야. 우리 오빠는 감나무 잎 덕분인지 설사도 멈추고 건강을 되찾았지. 감나무 덕분이야."

감나무를 올려다볼 때 할머니의 얼굴은 늘 자애가 넘쳐흘렀다.

"우리는 해군에 두 번이나 땅을 빼앗겼어."

할머니는 전쟁 이야기를 할 때면 종종 이런 말을 하며 억울해했 다. 할머니가 10살 되던 때의 일로, 바다 근처에 살고 있었는데 해 군이 공창(工廠)*을 만든다며 퇴거 명령을 내렸다고 했다. 그래서 산간의 유리야 마을로 이사를 왔는데 이번에는 공창의 소개 공장 (疏開 工場)**을 만든다며 또다시 농지를 빼앗았다.

패전하면서 해군에게 빼앗긴 농지는 땅 주인에게 반환되었으 나, 다시 논과 밭으로 되돌리는 일은 힘들었다. 소개 공장 터가 두 꺼운 콘크리트 구조였기 때문에 남자들이 큰 쇠메나 곡괭이로 때 려 부수면, 여자들은 손수레로 콘크리트 더미를 날랐다. 수개월이

---

* 무기나 함선을 만들거나 수리하는 공장.
** 공습이나 화재 피해에 대비하여 한곳에 집중되어 있는 시설을 분산시키기 위해 만든 또 다른 공장.

걸려서야 논과 밭으로 돌려놓을 수 있었다.

"땅을 다시 강제로 빼앗아 간다니 전쟁 때로 돌아간 것 같은 기분이 들어. 나는 이제 죽을 때까지 여기를 떠나지 않을 거야."

이렇게 말하는 할머니의 얼굴은 어느 때보다 준엄했다.

"이것 봐 봐. 여기 그때 흔적이 있어."

할머니의 손가락이 가리키는 쪽을 보니 밭모퉁이에 뒹구는 콘크리트 표식에 '해군 용지'라는 글자가 쓰여 있었다. 나중에야 알게 되었지만, 우리 논과 산 사이에 이끼 낀 콘크리트 담도 그 소개 공장의 일부였고, 뒷산에 새까만 입을 벌리고 있는 깊숙한 터널도 반지하 어뢰 공장 터였다. 할머니가 원통하게 생각했던 것처럼 고향 집과 토지를 전쟁 때는 해군에게 빼앗기고, 지금은 정부 권력에 빼앗기는 셈이었다.

그것이 실감 나게 다가온 것은 홀로 할머니를 추모하고 있을 때 주변을 위협하는 듯한 갑작스러운 진동이 느껴졌을 때였다. 덜커덕덜덜커덕, 부웅부웅, 달가닥달가닥, 산을 깎기라도 하는 것일까. 눈앞 유리산 기슭 잡목림 깊숙한 곳을 눈여겨보니 어느 틈에 예전에는 없던 길이 다 만들어져 가고 있었다. 댐 건설을 위한 도로 공사가 착착 진행되는 것이었다. 드르륵드르륵드르륵, 댕댕댕, 부웅부웅 소음과 함께 불도저는 흙을 깎아 내거나 돋우고, 덤프트럭은 뒤편의 적재함에서 흙을 쏟아내는 소란한 모습이 숲 사이로 나타났다 사라졌다 했다. 잠시 내려다보았으나, 그 사이에 무슨 까닭인지 불도저가 전차처럼 보였다. 그 순간 전쟁 때로 돌아간 것 같다고 탄식했던 할머니의 말이 떠올랐기 때문인지도 모른다.

흔들리는 열차 안에서 노보루는 가볍게 고개를 끄덕였다. 전차 같은 것이 덮치는 악몽은 지금 고향에서 일어나는 일과 무관하지 않다는 데 생각이 미쳤다. 왜냐하면 고향 집과 농지도 전차 대신 불도저와 굴착기 같은 중장비가 언제 짓뭉갤지 알 수 없기 때문이다. 노보루가 이러한 강박 관념에 사로잡혔다 해도 이상한 일이 아닐 것이다.

열차가 가와타나에 도착했다. 이 역에서 내린 승객은 불과 몇 명 되지 않았다. 개찰구를 빠져나가자 노보루의 발길은 자연스럽게 가와타나강에 놓인 다리 쪽으로 옮기고 있었다. 다리 중간에 서서 유유히 고쿠조산을 올려다보며 인사했다.

'다녀왔습니다. 나, 드디어 돌아왔어.'

완만한 능선 끝 산꼭대기가 고깔모자처럼 생겨서 규슈의 마터호른*으로 불리는 이 고쿠조산은 노보루에게 마음의 고향이라 할 만한 곳이었다. 이 산을 배경으로 참나리 군락과 열매가 주렁주렁 달린 감나무를 그려 몇 번이나 상을 받았다. 철이 들 무렵부터 이

---

* 마터호른 산. 높이 4,478m로 스위스의 대표적인 산이다.

산에 오를 기회가 자주 있었기 때문이다.

고향에서는 옛날부터 추분 전날 밤에 고쿠조산에 오르는 풍습이 있었다. 산을 좋아하는 부모님은 산에 오르는 행사에 항상 참가했고, 어린 노보루도 데리고 갔다. 날이 밝아 산마루에서 태양이 얼굴을 내밀며 점점 커지는 모습은 몇 번을 보아도 감동적이었다. 어릴 적 친구인 가즈요시와 다쿠미와도 틈만 나면 산에 올랐다. 그러고 보니 도쿄로 떠난 뒤로는 만난 적이 거의 없다. 어떻게 지내고 있을까?

지방 신문 기자인 가즈요시에게 전화를 걸었다.

"앗! 정말 노보루 맞아? 너 살아 있었냐? 전화해도 안 받더니."

가즈요시는 곧장 전화를 받더니 놀란 듯이 소리질렀다.

"미안. 휴대전화를 떨어뜨려서 번호가 바뀌었어. 그 뒤로 정신없이 바빠서······."

"그래? 그랬구나."

"그래서······ 몸이 좀 안 좋아져서 집에 왔는데 오랜만에 만나고 싶어."

"응, 그래. 오늘 저녁 8시부터는 시간이 비어 있긴 한데, 내가 지금은 사세보 지사에 근무하거든. 가와타나까지는 차로 한 시간은 걸리니까······."

"다쿠미는 바쁘려나?"

내가 다쿠미 이름을 꺼내자 가즈요시가 말했다.

"그 녀석은 댐 건설 반대 운동의 중심 인물이었는데 말이지……."

가즈요시는 잠시 생각하다가 중얼거렸다.

"너는 아무것도 모르는구나. 전화로 말하기는 좀 그래."

어찌 된 영문인지는 몰랐지만, 노부루는 대답했다.

"응. 나는 오랫동안 고향을 떠나 있었으니까. 지금껏 마을 일도 댐에 관한 일도 무관심한 채 살아서 미안하다."

"사과할 필요까진 없고……. 어이쿠, 이제 나가야 할 시간이야. 미안하지만, 내가 다시 전화할게."

그렇게 전화는 끊겼다. 쌀쌀맞네. 좀 쓸쓸한 기분이 들었다. 노보루는 일하는 시간에 전화를 걸었으니까 어쩔 수 없다고 생각했다. 언젠가 가즈요시가 도쿄에 출장을 왔을 때는 노보루 사정으로 만나지 못한 적도 있었다. 그런데 다쿠미가 댐 건설 반대 시위의 중심 인물이었다는 말은 지금은 아니라는 뜻일까? 노보루는 다쿠미가 마음에 걸렸다. 역으로 다시 가 때마침 오는 택시를 잡았다. 유리야 마을로 가는 버스는 이미 몇 년 전에 없어졌다.

3

택시는 이시키강을 끼고 있는 골짜기를 일부러 천천히 달렸다. 사진을 찍을 생각에 노보루가 천천히 가 달라고 부탁했다. 오래전에 다녔던 초등학교 가까이 오자, 새로 지은 집들이 늘어선 곳이 눈에 띄었다. 유리야 마을을 떠나온 사람들의 집이라고 운전기사가 설명했다. 빨간 지붕, 파란 지붕, 레이스 커튼이 처진 집들을 카메라에 담으며 노보루는 착잡한 생각에 사로잡혔다. 예전에 이곳은 드넓은 논이었고, 지금 이 시기에는 써레질이나 모내기가 한창이었다. 그런데 지금은 시골에 어울리지 않는 저택 같은 집들이 자리하고 있었다. 채석장을 지나 한참을 가니 작은 산들이 나무가 껑충하게 깎여 벌거숭이산이 된 채 오른쪽에 펼쳐지고 있었다.

"저기가 공사 현장이에요. 댐 공사와 연결되는 대체 도로를 만드는……."

운전기사가 가이드를 할 생각인지 설명해 주었다. 노보루를 취재 기자나 그 비슷한 사람으로 생각하는 모양이었다.

공사 현장에는 CCTV가 11대나 설치되어 있었고, 나가사키현의 직원이 지켜보는 가운데 유리야 마을 사람들과 지원자들이 시위를 하고 있었다. 예전에는 죽기 살기로 나서 굴착기 밑에 들어갔다가 끌려 나온 여성도 있었다.

노보루는 운전기사의 이야기에 귀를 기울이며, 1982년 학교를 빠지면서까지 다쿠미나 가즈요시와 함께 시위에 참가했던 때를 떠올렸다. 37년 전, 초등학교 2학년 때 일이었다. 그때 현은 댐 공사를 진행하려고 7백 명이나 되는 기동대를 데리고 와서 강제 측량을 하려고 했다. 기동대가 눈 깜짝할 새에 시위 참가자들을 끌어냈다. 노보루도 끌려나왔다. 그저 무서웠다.

운전기사는 설명을 계속했다.

"그런 까닭에 저도 유리야 마을에서 여전히 싸우고 있는 사람들의 마음을 이해하고 응원하지 않을 수가 없어요. 왜냐면 정부의 방식이 너무도 심하니까요."

"저도 기사님과 같은 생각이에요."

노보루가 맞장구를 치자마자 택시는 유리야 다리 기슭에 도착했다. 택시에서 내린 노보루는 다리를 건너 산 쪽으로 30미터쯤 걸어 푸르른 나무들로 둘러싸인 집에 다다랐다. 모내기가 끝난 논에는 어머니가 말했던 것처럼 거울처럼 유리산이 비치고 올챙이가 들끓었다.

집에 도착해 서둘러 현관 초인종을 누르니 검은색 바지에 폴로셔츠를 입은 어머니가 달려 나왔다.

"마중도 못 나가고, 미안해."

"상관없어요. 그런데 괜찮아요? 염치없고 못난 아들이 갑자기 돌아와서."

노보루는 좀 스스로를 비웃듯이 웃으며 어머니의 가슴에 어린 아이처럼 얼굴을 묻었다. 그러자 어머니는 달래듯이 노보루의 등을 가볍게 두드려 주었다.

"무슨 말이 그래? 부모에게는 자식이 나이를 먹어도 아이야."

어머니는 잘 그을린 얼굴에 웃음을 머금고 노보루를 말끄러미 쳐다보았다.

"나도 시위를 마치고 방금 돌아왔어. 아버지는 대표님 집에서 회의가 있어서 다시 나갔고."

"그래요? 그 연세에 날마다 시위에 참여하는 거 힘들죠?"

노보루는 신발을 벗으며 말을 건넸다.

"그게 말이야, 요즘엔 즐거워. 모두 함께하니까. 지원자도 많이 와 주고. 그래, 맞아. 오늘 아침에는 이런 귀한 손님까지 와 주었지 뭐야."

어머니는 휴대전화를 꺼내 동영상을 보여 주었다. 등에 검은 세로 줄무늬가 있는 적갈색의 작은 새가 찟 찌르르르 찌찌찌 지저귀고 있었다. 멧새였다.

"좋네요. 울음소리까지 잘 들리네요."

노보루가 감동했다.

"그렇지? 공사로 산을 허무니까 쫓겨난 거야. 그래서 우리가 하는 시위를 응원해 주는 거라고 누군가 말했는데, 모두 고개를 끄덕였어. 이런 손님이 있으니 점점 더 이곳에 살고 싶어."

활기찬 표정으로 말하는 어머니의 얼굴은 전보다 훨씬 건강해 보였다. 주방에는 밥과 된장국에 멸치 조림을 곁들인 간소한 점심 식사가 준비되어 있었다. 점심을 먹으며 노보루는 물었다.

"어머니, 그 연세에 설마 굴착기에도 몰래 들어가 저지 행동을 하는 건 아니죠?"

그러자 어머니는 선선히 대답했다.

"어머, 앞장서서 했지. 다만 처음에만. 어쨌든 할 수 있는 일은 무엇이든 해야 한다고 생각했고, 죽기 살기로 했는걸."

공사 현장에는 늘 20대가 넘는 크고 작은 중장비와 덤프트럭이 쉴새 없이 움직였고, 어머니와 마을 사람들은 일하는 사람들이 오기 전에 미리 나가 항의 태세를 갖추었다. 자연스레 그곳에는 긴박감이 팽팽했고 오전 10시가 지나면 현장 사무실에서 현의 직원이 20명 정도 와서 "위험합니다. 물러나 주세요."라며 소리쳤다. 그래도 사람들은 대형 중장비의 무한궤도 사이에 들어가 앉거나 가로막기도 하며 죽을힘을 다하여 시위를 계속했다. "떨어지세요. 움직입니다." 직원들은 늘 똑같은 말로 설득했지만, 누구도 듣지 않았다. 그러는 동안에 직원들도 속이 끓었는지 여러 명이 합세하여 한 사람씩 끌어냈다. 마을 사람들이 순순히 따를 리 없었다. 때로는 몸싸움으로 번지기도 해 경찰도 몇 차례나 출동했다. 그러나 최근에는 수건으로 얼굴을 가리고 침묵시위를 하고 있어 몸싸움은 사라졌다. 이제는 단란한 한때를 보내듯이 도시락을 가지고 현장에서 가만히 버티는 방식으로 하고 있다. 시위 현장에 산에서 쫓겨난 작은 새도 찾아와 응원가를 불러 주는 것이다.

노보루는 이야기를 들으며 어머니가 강인해졌다고 생각했다. 댐 건설을 반대하는 의견에는 나가사키에서 시집온 어머니와 유리야 마을에서 나고 자란 아버지 사이에 처음에는 상당한 온도 차가 있었다.

"당신이랑 결혼하고 난 뒤로 내 일은 아무것도 할 수 없게 되었어요."라고 불평하던 어머니가 60살로 정년퇴직한 뒤에는 하루도 빠짐없이 시위에 참여하고 있는 것이다.

"그래도 지난겨울은 버텼어."

어머니가 말했다.

눈보라가 치거나 진눈깨비가 내리는 날도 있었고, 아버지는 지병인 류머티즘이 심해져 힘들어했다. 모닥불을 피웠지만 그 정도로는 견디기 힘들어 일찍 철수한 날도 있었다. 이 현장 시위도 4년째 계속되고 있다.

"그냥 이대로는 결말이 나지 않으니까 재판을 하는 거야."

어머니는 차를 따라 주며 현재 진행 중인 두 가지 재판은 여론을 환기하는 의미도 있다고 힘주어 말했다.

정부를 상대로 한 사업 인정 취소 소송에서는 사세보시의 이수 (利水)*, 가와나타초(川棚町)의 치수(治水)** 면에서의 인정 신청에 큰 오류가 있으며, 주민을 강제적으로 배제하면서까지 댐을 건설할 필요성이나 공공성은 없다고 주장하고 있다. 또 공사 금지 소송에서는 토지 소유권자가 동의하지 않는데도 공사가 진행되고 있는 것은 납득할 수 없으며 장래에 주민에게 큰 손해를 끼친다고 주장하고 있다.

유리야 마을 사람들의 끈질긴 투쟁 이야기를 듣는 동안 노보루는 지금까지 아무것도 하지 않은 것에 대해 갑자기 양심의 가책을 느꼈다. 일상이 아닌 상황 속에 갑작스레 끼어든 자신이 이곳에 있어도 되는 것일까.

노보루는 창밖에 펼쳐진 모내기를 막 끝낸 논으로 시선을 옮기며 혼잣말을 하듯이 중얼거렸다.

"토지가 강제 수용되었어도 주민들은 올해도 농작물을 심었고. 현은 이를 묵인하고 있다는 거지."

그러자 어머니는 단호하게 말했다. 일단 현에서는 토지 사용 금지 통지서가 왔다. 그러나 비록 명의가 바뀌어도 우리 땅인 것에는 변함이 없다. 지금까지 해 왔던 것처럼 모내기를 하고 밭을 경

* 물을 잘 이용함.
** 수리 시설을 잘하여 가뭄이나 홍수의 피해를 막는 일.

작할 것이다. 다만 시위나 재판에 시간을 빼앗겨 충분히 신경 쓸 겨를이 없다는 게 안타깝다.

"이런 때 네가 돌아와 줘서 만만세야."

이렇게 말을 마치며 싱긋 웃는 어머니의 얼굴이 눈부셨다.

노보루는 잠시 어딘가로 도망치고 싶은 충동에 이끌렸다. 동시에 은은한 고향의 온기 같은 것이 그런 마음을 억누르기도 했다. 방금 먹은 우리 집 쌀밥도, 무와 배추절임도 고쿠조산에서 샘솟은 물로 우려냈을 엽차도 무엇과도 바꿀 수 없는 맛이었다. 그래서 겨우 이렇게 말했다.

"너무 기대하지 말아요. 건초염 같은 걸로 이래저래 몸이 안 좋아져서, 그래서 돌아온 거니까요."

속마음은 한동안은 낮잠을 자거나 고쿠조산에 오르거나 스케치를 하면서 느긋하게 지냈으면 했다. 그러나 지금 내 고향에는 그런 한가로움이 용납되지 않는 긴장된 시간이 흐르고 있었다.

"미안해. 역시 그랬구나. 또 그 마음의 병 같은 게 찾아온 거 아니니?"

어머니는 탐색하듯이 한동안 나를 훑어보더니 갑자기 어두운 표정으로 말했다.

어머니가 걱정하는 데는 까닭이 있다. 학원에 다니기 시작한 지 2년째 되는 해에 심각한 우울증이 생겨 고생한 적이 있었기 때문이다. 그때는 1년 넘게 사귀었던 단골 식당의 딸과 헤어져 다시는 일어서지 못할 정도로 마음의 상처를 입었다. 감정을 주체하지 못해 마음을 다잡을 생각으로 광고 회사에서 아르바이트에 몰두했고, 결국은 대학 입시를 포기했다.

"젊었을 때와는 조금 달라요. 이곳의 깨끗한 공기를 마시면 분명히 나을 거예요."

"그렇다면 다행이지만."

어머니는 걱정스러운 표정으로 이런저런 생각을 하는 듯하였으나 이윽고 싱긋 웃으며 이렇게 말했다.

"뭐, 괜한 걱정은 하지 않을게. 오늘은 날씨도 좋고, 너는 우선 그쪽을 걸어 보면 어때? 봐. 작은 새들도 부르잖아."

과연 방충망 너머 나무 사이에서 휘파람새, 동박새, 박새 들이 즐겁게 지저귀고 있었다. 그때 누군가에게 말을 거는 듯한 젊은 여성의 노랫소리가 들려왔다.

"……꽃 옷 몸에 걸치고, 마음 화장을 하고, 봄나물 캐며, 향기 화려한 고향의 아침……."

어떻게 된 영문일까. 노랫소리는 바람에 흩날리기라도 하는 것처럼 토막토막 끊겨서 어쩐지 불안하다.

"윗집 손녀 에리야. 좀 별종이긴 하지만 좋은 아이야."

4

에리는 나가사키에 있는 대학에서 문학을 전공하는데, 컴퓨터에 푹 빠져서 밤낮이 바뀐 생활을 했다고 한다. 에리 어머니는 걱정이 되어 유리야 마을에 있는 친정에 딸을 맡겼다. 에리는 이곳이 아주 마음에 들어 눌러앉은 모양이다. 높아졌다 낮아졌다 하며 노랫소리가 계속 들려왔다.

"……굴거리나무 싹 트는 것을 전하는 사랑스러운 물의 섬. 부디 손바닥을 펼쳐. 흘러넘치는 물방울……."

밤낮이 바뀐 생활이라. 그렇다면 방금 일어났겠구나. 노보루는 에리와 이야기를 나누고 싶어졌다. 산책을 다녀오겠다고 말하고 스케치북을 들고 윗집 쪽으로 갔다. 검은 머리카락을 뒤로 묶은 여자가 실내복 차림으로 마루 앞에 있는 텃밭에 쪼그리고 앉아서 작고 하얀 꽃을 따고 있었다.

"야, 기분이 좋아 보이네."

노보루가 말을 걸었다.

"어머나, 좋은 아침이에요……가 아니라, 벌써 점심 인사할 때지요?"

여자는 내 쪽을 보지 않은 채 대답했다. 그리고 그 작고 하얀 꽃을 얼굴에 가까이 대고 향기를 맡으며 중얼거렸다.

"이것은 카모마일. 엄마 같은 허브. 주변의 식물까지 건강하게 만들지요. 오후에 차로 마시기에 안성맞춤이에요."

이렇게 말하며, 여자는 고개를 들었다.

"어머, 아랫집 아저씨인 줄 알았네."

수줍은 표정으로 일어선 여자는 작은 체구에 화장기 없는 얼굴, 갸름한 눈매에 약간 날카로운 인상이었다.

노보루는 아랫집의 장남이며 도쿄에서 일하다 몸이 안 좋아져 집으로 돌아왔다고 소개를 했다.

"아주머니가 늘 자랑하던 그림 천재 오빠군요."

여자는 표정을 누그러뜨리며 말했다.

"그렇지 않아. 자운영 꽃밭에서 뒹굴면 그게 최고 행복이라 생각하는 인간이야."

"어머, 나랑 완전히 똑같네. 신기하다."

여자가 흐흐흐 하고 웃었다.

"여기는 전부 핑크빛 융단이었어요. 올봄에도요. 음, 제가 가장 좋아하는 하이쿠*를 가르쳐 드릴까요?"

그러더니 고개를 기웃거리며 말했다.

"그건 말이지요, '들에 나가니 사람 모두 착하네 자운영'이라는 하이쿠예요."

---

* 5·7·5의 3구(句) 17자(字)로 된 일본 특유의 단시(短詩). 특정한 달이나 계절의 자연에 대한 시인의 인상을 묘사하는 서정시이다.

"어디선가 읽은 적이 있는데, 누가 쓴 거지?"

"몰라요. 누구든 상관없지 않아요? 지은 사람 같은 거."

여자는 다시 즐거운 듯이 흐흐 웃으며, 내가 묻기도 전에 이름을 말했다.

"아주머니께 이미 들었겠지만, 저는 우에다 에리예요."

그러더니 지금 내 상태나 기분을 묻지도 않고 말을 이어 갔다.

자신은 제대로 성장하지 못했을뿐더러 하마터면 기계 문명에 짓눌릴 뻔한 인간이다. 그것은 졸업 논문을 쓰는데 도움이 될 것이라 생각해 컴퓨터를 산 데서 시작되었다. 컴퓨터를 산 뒤 공부는 내팽개치고 트위터나 블로그에 빠졌고, 거기에 끝없는 지식욕과 호기심도 더해져 여러 사이트를 들여다보게 되었다. 그러면서 학교에 갈 시간도 잠을 잘 시간도 없어져 생활 리듬이 완전히 깨져 버렸다. 이곳 유리야 마을에 와서 지내며 허브나 장미를 키우는 사이에 자연에 중독되어서 즐거운 비명을 지르고 있다. 땅을 파고 모종만 심으면 허브는 그냥 놔두어도 잘 자라니 신기하다. 씩씩하게 성장하는 모습을 가까이서 지켜보고 있으면 살아 있는 것이 이렇게 좋은 일이라고 격려받는 느낌이 든다.

"그런 까닭에 아직 졸업 논문에는 손도 못 대고 있어요."

에리는 민망한 듯 고개를 움츠렸다.

그래도 컴퓨터로 얼굴도 보이지 않는 사람들과 끝없는 메시지를 주고받는 생활과는 거리를 둘 수 있게 되었다고 했다.

"악귀가 떨어져 나간 기분이에요. 신기하죠?"

"다행이네. 그런데 졸업 논문은 뭘 주제로 쓸 생각이었니?"

"일본 여성의 이야기 역사를 풀어나갈 계획이었어요."

에리는 미리 준비라도 한 듯 술술 대답했다. 그중에서도 가장 마음에 드는 것은 쓰쓰미추나곤 모노가타리(堤中納言物語)*의 작품에서 '벌레를 아끼는 공주(虫めづる姫君)'이며, 확고한 자기 생각을 가지고 있다는 점이 좋다고 했다.

"응, 그거 남자보다 벌레를 사랑하는 공주 이야기였나? 에리도 벌레가 좋아?"

노보루가 묻자 에리는 고개를 설레설레 저었다. 그리고 약간 멋쩍은 웃음을 띠며 말했다. 유리야 마을은 시골이라 올 때마다 모기에 뜯기거나 개미에 물려 어린 시절에는 오기 싫어했다. 그러나 최근 여기에 살면서 벌레들이 참을 수 없을 만큼 귀여워졌다. 꽃을 기르면 반드시 벌레가 꼬인다. 나비도 잠자리도 벌도 매미도 모두 열심히 살아가며 '살아 있는 것만으로도 이 세상은 즐겁다'고 삶을 찬양하는 것처럼 보인다고 했다.

"저는 어린 시절을 다시 살고 있는 거예요."

---

* 일본 헤이안 시대 후기의 단편 소설 모음집.

이렇게 말하고는 하늘로 양손을 뻗고 기지개를 크게 켰다. 에리는 명랑한 목소리로 말했다. 대학에 입학할 때까지는 공부에 쫓겨 놀 시간이 없었다. 유리야 마을에 살면서 사시사철 자연과 자신의 몸이 잘 어우러져, 인간도 생물의 일부라는 것을 깨닫게 되었다. 자연이 먼저 다가와 껴안아 준다고 했다.

"그리고 언젠가는 죽는 존재로서의 저 자신도 보이기 시작했어요. 수명이 짧은 벌레들을 관찰하면서 말이에요."

에리는 무슨 생각을 했는지 여러 가지 허브 잎과 꽃을 따서 향기를 맡으며 어디선가 들어본 대사를 연극 말투로 암송하기 시작했다.

"……이것은 로즈마리, 저를 잊지 말라는 뜻이에요. 제발 저를 잊지 마세요. 이것은 팬지꽃, 저를 생각해 달라는 뜻이에요. 당신에겐 아첨의 회향풀과 기괴한 매발톱꽃을. 당신에게는 지난날을 뉘우치는 이 회한의 꽃을 드릴게요. 저도 하나 가져야죠……."

노보루는 《햄릿》에 나오는 오필리아의 대사라는 걸 눈치챘다.

"그거 오필리아가 미쳐 날뛰는 장면에 나오는 대사지? 그런 것 치고는 목소리가 너무 활기차다. 너 말이야. '벌레를 아끼는 공주' 뿐 아니라 꽃봉오리인 채로 덧없이 지는 그런 여성에게도 끌리는 걸지도."

그러자 에리는 화난 듯이 볼을 부풀리며 말했다.

"아니, 그렇지 않아요. 이거, 가을 축제 때 연기할 건데 햄릿 역의 선배가 나를 오필리아로 지명했어요. 그래서 열심히 대사를 외우고 있는 거예요. 하지만 별로 내키지는 않아요."

에리는 굳은 표정으로 입을 다물어 버렸다. 이야기가 끊기자, 노보루는 발길을 되돌리려 했다.

"오늘은 만나서 반가웠어. 왠지 같은 종류의 사람을 만난 기분이 들어."

"노보루 오빠를 오늘 처음 만난 건데 편하게 이야기할 수 있는 사람인 것 같아요. 신기하죠? 제 이야기를 들어줘서 고마워요."

"그럼, 다음에 또 이야기 나누자."

노보루는 가볍게 손을 흔들며 비탈길을 내려와 유리산 쪽으로 발길을 옮겼다. 숲 깊숙한 곳에 있는 조상들을 모신 산소에 성묘하러 갈 생각이었다.

5

산소로 가는 길을 걷다 보니 근처 덤불에서 휘파람새가 휘, 휘리릭 하고 큰소리를 내며 날아갔다. 더할 나위 없이 좋은 이 지저귐에 그만 몸을 떨며 멈춰 섰다. 열정을 억누르고 있는 것 같은 오래된 삼나무 앞에 참나리 군락이 펼쳐졌다. 말끔하게 뻗은 줄기와 잎에 늠름함과 씩씩함이 넘쳐흐르고 있었다. 꽃의 계절이 오기까지는 기다림이 필요했다. 발밑으로 눈을 돌리니 범의귀나 삼백초, 이질풀 같은 할머니가 귀중한 보물로 여기며 이용했던 약초가 곳곳에 자라고 있었다. 오랫동안 떠나 있다 돌아온 자리에서 만난 식물들이 어쩌면 이렇게 곱고 아름다운지.

산소 근처에 다다르자 사람들이 내 키만큼 자란 풀을 예초기로 베고 있었다. 나무에 달라붙은 담쟁이덩굴을 자르던 한 사람이 노보루를 알아보고 말을 걸었다.

"노보루, 돌아왔구먼."

머리가 완전히 하얗게 샌 다쿠미의 아버지였다.

"오랜만에 뵙습니다."

"오랜만이네."

다른 사람들도 노보루에게 인사를 건네며 웃어 보였다. 모두 어릴 적부터 알고 지냈던 얼굴로 한참 동안 인사말이 오갔다. 둘러보니 묘가 많이 줄어 있었다. 유리산을 허물고 댐 건설을 위한 새 도로를 만들려고 나가사키현이 이웃한 다른 산에 대체 묘지를 조성했다고 한다. 보상금을 받고 유리야 마을을 떠난 사람들이 그쪽으로 묘를 옮겼기 때문에 수가 줄어든 것이다.

성묘를 마치고 무심코 걷다 보니 다쿠미 집안의 산소 앞에서 합장을 하고 있는 나이 든 여성이 눈에 들어왔다. 다쿠미의 어머니

같았는데, 전혀 다른 사람처럼 몸이 작게 오그라들어 보였다. 초췌한 표정에서 불안함이 느껴져 눈을 떼지 못했다. 한 마을 사람이 다가와 작은 소리로 말했다.

"그가 저렇게 되고 나서 날마다 산소에 찾아와."

그라니? 누구를 가리키는 것일까? 설마……. 더욱이 저렇게 되고 나서라니……. 노보루는 심장이 요동치는 것을 억누를 수 없었다.

"우리는 댐 건설 반대 운동의 중요한 인물을 잃었어……."

여기서 말을 끊자 다른 사람이 화난 말투로 되받았다.

"아, 그건 차의 결함 때문에 일어난 사고였어. 용서할 수가 없어. 주차 중에 불타는 자동차를 만들어 판 놈들. 대기업 M사의 범죄 행위라고."

오고 가는 대화를 들으며 노보루는 머리를 크게 한 대 얻어맞은 것 같은 기분이 들었다. 뭐라고? 다쿠미가 이 세상 사람이 아니라고? 그리고 보니 다쿠미 소식을 물었을 때 가즈요시의 반응이 몹시 석연치 않았다.

노보루는 한참 동안 멍하니 있었다. 기계처럼 자연스럽지 않은 발걸음으로 다쿠미의 아버지 곁으로 다가가 조의를 표했다.

"아무것도 모르고……."

"너는 다쿠미랑 같은 반이었지."

마을회관 옆에 사는 사람이 다가왔다. 그러고는 그날 저녁에 있었던 사고 이야기를 시작했다.

매월 첫 번째 일요일은 소방단*이 소방차 점검을 하는 날로, 초봄이었던 그날 늘 하던 대로 이시키강에서 방수 점검을 한 다음 모임 장소에서 술을 마셨다. 화제는 늘 댐에 관한 것이었다. 그날 저녁에도 유리야 마을을 지키려면 우리가 더 정신을 바짝 차려야 한다고 큰 소리로 의지를 다졌다. 자정 무렵에 술자리가 끝났다. 1급 전기 공사 기사인 다쿠미는 일이 바빠 다음 날 아침 일찍 사세보에 출장을 갈 예정이었다. 다쿠미는 술을 마셔서 곧바로 운전할 수가 없어 뒷좌석에서 한숨 자고 있었는데, 한 시간 뒤 차가 불타올라 죽고 말았다.

대체 어찌 된 일일까? 다쿠미가 탔던 자동차는 연료 탱크의 결함 때문에 화재 사고가 잇따라 리콜 신고가 접수된 차였다.

"다쿠미는 같은 남자끼리도 반할 만한 남자였지. 다정함이 흘러넘친다고나 할까?"

그 사람은 울먹이며 말했다. 게다가 다쿠미는 엄청난 노력가여서 이수와 치수 면에서 정말로 댐이 필요한지 스스로 철저하게 조사하고, 누구든지 이해하기 쉽도록 자료로 정리해 주었다. 그림을

---

* 화재를 진압하거나 재해를 예방하기 위해 조직된 지역 주민의 자치적인 소방 단체.

그려 넣고 고향찬가에 대한 문구를 쓴 커다란 간판을 만들어서 이시키강 강변의 논에 세운 것도 다쿠미였다. 다쿠미는 사세보시의 이수를 위해서 우리 고향이 물속에 잠기는 것은 이치에 맞지 않는다고 강하게 반발했다. 또 사세보에 출장을 다녀올 때마다 보고 들은 정보를 통해 최근에는 방위성*의 요청 때문에 현과 사세보시가 댐 건설을 단념하지 않는 것은 아닐까 하고 의심하고 있었다. 확실히 사세보의 자위대는 일본 군비 확충의 최전선 거점으로 급변하고 있었다. 이런 배경에서 나가사키 현은 물이 부족하다고 주문처럼 되풀이하고 있다며, 그날 저녁에도 다쿠미는 분개했다.

노보루는 이야기를 들으며 입술을 꽉 깨물었다.

그랬구나. 그렇다 해도 믿기 힘든 비참한 죽음이었다.

"당분간 여기서 지낼 계획이니 잘 부탁드립니다."

노보루는 눈물을 삼키며 인사를 하고 자리를 떴다. 불안한 걸음걸이로 산길을 되돌아 내려오며 노보루는 주변 경치가 점점 그늘지는 것처럼 느꼈다.

유리산의 기슭인 이 부근은 어린 시절 다쿠미와 함께 시간 가는 줄 모르고 뛰어놀던 장소였다. 옛날 해군 공창의 터널이 남아 있어 그 시커먼 암흑 속으로 들어가 탐험 놀이를 하곤 했다. 터널 속

---

* 국방과 관련된 사무를 담당하는 일본의 행정 기관.

은 한여름에도 서늘해서 위에서는 굵은 물방울이 뚝뚝 떨어졌다. 소년 시절 비밀 이야기를 주고받은 것도 터널 안이었다. 또 담쟁이덩굴이 휘감고 있는 상당히 길고 높은 콘크리트 담은 소개공장이 있던 자리였다. 3m나 되는 담 위에서 물구나무서기를 한 개구쟁이 다쿠미의 모습도 떠올랐다. 즉, 유리야 마을은 전체가 옛날 해군의 전쟁 유적이라고 할 수 있으며, 이곳에서 태어나고 자란 노보루와 친구들은 할머니와 조상들의 이야기를 듣고 자란 탓에 전쟁을 간접 체험했다고도 할 수 있다. 그것 때문은 아니겠지만, 사세보에서 본 전시(戰時) 같은 분위기를 통해서 많은 양의 물이 필요함을 미리 알아채고 다쿠미의 불쾌감이 심해졌다는 것을 잘 알 수 있었다. 사세보 시민이 원하기 때문이 아니라 전쟁하는 국가 만들기의 한 부분을 담당하기 위해 강제로 주민을 쫓아내고 논과 밭, 택지를 빼앗아 댐을 만드는 것이라면 그 수법이 전쟁과 꼭 닮은 것 같았다.

'다쿠미야, 너는 정말로 더는 이 세상에 없는 거니? 운동 능력이 뛰어났고 무슨 일이든 적극적이고, 그토록 살고 싶어 하던 사람이었던 네가 더 이상 이 세상에 없다니 믿을 수가 없다.'

다쿠미의 부재를 아직 실감할 수 없는 노보루는 중얼거리며, 손이 움직이는 대로 전시 유적인 터널과 담쟁이가 휘감고 있는 콘크리트 담을 스케치하기 시작했다. 그리고는 스케치북 구석에 외고

집인 다쿠미의 얼굴을 그려 넣었다. 강제 측량 때 끌어내리려는 기동대원의 팔을 다쿠미가 꽉 무는 장면이었다. 그때 무서울 정도로 냉혹한 모습을 한 기동대원의 표정이 갑자기 허물어지며 "아야야야! 자라 같은 이 애송이." 하고 울 것 같은 목소리를 낸 것이 바로 어제 일처럼 선명했다.

어린 시절의 다쿠미는 셋 중에 몸집이 가장 크고 무슨 일을 시켜도 무서워하질 않았다. 그때 농로를 돌진해 오는 기동대를 앞에 두고 두려움에 떨고만 있던 노보루를 밀어젖히고 다쿠미는 얼굴이 빨개져서 "돌아가, 돌아가." 하고 외쳤다. 그리고 성인이 되어서도 댐 건설 반대 운동을 앞서서 했다니 역시 대단하다. 노보루는 스케치북을 덮고 다쿠미네 논으로 갔다. 다쿠미가 세웠다는 큰 간판의 댐 건설 반대 격문이자 고향찬가를 보고 싶었다.

소년 시절, 고쿠조산으로 가는 등산로 입구 옆에 있는 그 논에서 다쿠미와 서로 드잡이한 일이 떠올랐다. 대수롭지 않은 이유였다. 노보루의 어머니가 아름다운 목소리로 책을 읽어 준다고 자랑을 하자 다쿠미가 응석받이 마마보이라고 놀렸던 것이다. 노보루는 제 어머니가 모욕을 당한 것 같아 용서할 수 없었다. 억수로 쏟아지는 빗속에서 치고받는 사이에 둘은 논에 굴러떨어졌다. 진흙투성이가 되어서도 쫓고 쫓기며 싸우는 도중에 머리 위로 호통이 떨어졌다.

"진흙탕 속에서 뛰다니. 멧돼지인 줄 알았다. 쓰러진 모종은 원래대로 해 놔라. 알았어!"

대빗자루를 든 다쿠미의 아버지가 무서운 얼굴로 두 소년을 쏘아보고 있었다.

그 논 가장자리에 뒷산을 등지고 큰 간판이 서 있었다. 흰 바탕에 새빨간 글씨가 춤추고 있었다.

반딧불이의 마을을 빼앗지 마라.
용납할 수 없다. 자기 물독을 남의 땅에 떠넘기지 마라.
잘 가라 댐! 우리 고향은 영원히.

111

노보루는 혈서 같은 고향찬가에 마음이 요동치기 시작했다. 간판 아래쪽에는 메롱 하며 거부의 뜻을 표시하는 아이 세 명이 그려져 있었다. 볼이 빨갛고 주뼛 선 머리카락, 눈알이 튀어나온 것은 다쿠미다. 약간 뚱뚱하고 여자아이처럼 부드러운 얼굴을 한 아이는 가즈요시이고, 마른 몸에 먼 곳을 바라보는 듯한 아이는 노보루일까? 이 간판을 그리며 다쿠미는 어린 시절을 그리워했겠지. 유리산 기슭을 뛰어다니던 어린 시절을……. 노보루는 오래도록 간판에서 눈을 떼지 못했다.

6

해 질 무렵에 집에 돌아오니 현관에는 신발이 빽빽하게 늘어서 있었다. 안에서는 떠들썩한 이야기 소리도 들려왔다. 무슨 일이지? 주방에서 바쁘게 냉장고를 열었다 닫았다 하는 어머니에게 물으니, 한 달에 한 번 마을 식사 모임을 우리 집에서 하기로 했다는 것이다. 댐 문제를 상의하는 것이 목적이지만 모내기를 도와준 이웃을 초대하여 대접하는 잔치와 노보루의 환영회도 함께하는 자리라고 했다.

"뭐라고요? 제 환영회요?"

어느 집에 누가 돌아왔다는 소식은 이 작은 시골 마을에서는 삽 시간에 퍼진다. 집 안을 보니 접이식 테이블이 펼쳐져 있고, 아버지가 컵과 접시를 놓고 있었다. 노보루가 온 것을 알아차리자 사람들은 일제히 노보루를 바라보며 말없이 고개를 끄덕였다. 한쪽 구석에 에리도 바른 자세로 앉아 있었다.

"안녕하세요."

모두 한꺼번에 노보루를 쳐다보며 한마디씩 했다.

"야, 멋진 후계자가 돌아왔다."

"든든하겠네."

"이야, 아버지의 젊었을 적 모습을 쏙 빼닮았어."

"자, 여기 앉아. 오늘 저녁은 노보루의 얼굴이 보고 싶어서 이렇게 많은 사람이 모였으니까."

노보루는 약간 주눅이 들어 고개를 숙이고 에리 옆에 앉았다. 눈앞에는 산나물 튀김과 멧돼지 스테이크, 곤약달걀볶음 같은 친숙한 고향 음식이 차려져 있었다.

둘러보니 대부분 예전부터 아는 사람들이었지만, 단발머리 아이를 데리고 온 아이 엄마는 처음 봤다. 젊은 사람이 에리 뿐인 것은 대부분이 아직 일을 하고 있을 시간이었기 때문이다.

"이 멧돼지는 내가 잡은 거야."

맞은 편에 앉아 있던 목수 할아버지가 멧돼지 스테이크를 가리키며 말했다.

멧돼지 때문에 농작물 피해가 심각해서 해마다 50마리나 되는 멧돼지를 잡고 있는데, 시위나 재판으로 시간을 빼앗겨 사냥할 시간이 없다고 했다.

"게다가 요즘에는 나가사키현 직원이 한밤중에 찾아와서 신경 쓰여 잠을 잘 수가 없어요. 간신히 잠들었다고 생각하면 악몽을 꾸고, 큰 소리를 지르며 깨어나는 일도 자주 있다고요. 야기 씨는 안 그렇죠?"

할아버지는 말투를 바꿔 말했다.

마침 김초밥을 쌓아 올린 접시를 가지고 온 아버지가 대답했다.

"저는 괜찮아요. 우리는 그 무엇도 무서워할 필요 없어요."

"그렇긴 하지만, 우리 집 땅은 다른 사람들보다 한발 먼저 강제 수용되었으니까요. 길을 만들 것이라면서. 그러더니 나가사키현은 늦은 밤이나 이른 아침에 들이닥쳐 보상금을 받으라고 법석을 떠는 거예요."

"우리의 단결을 깨뜨리려는 거예요. 느긋하게 있으면서 그들을 만나 주지 않는 식으로 대응하고 싶어요."

이번에는 삶은 감자를 내온 어머니가 끼어들었다.

"그렇다고 해도 땅과 집을 빼앗겠다는 통지서가 집으로 오고 있어요. 힘으로 밀어붙이면 쫓겨날지도 모르는데 느긋하게 있을 수가 있나요. 당신과 달리 나는 잠을 잘 수 없는 밤이 계속되고 있다

114

고요."

이어서 아이를 데리고 온 여성도 불안한 표정으로 말했다.

"좀 전에 TV에서 지사가 말했어요. 행정 대집행도 선택지 중 하나라고요. 이 말은 기한까지 비워 주지 않으면 불도저로 집을 부수겠다는 거죠?"

"뭐라고?"

전에 간호사였던 나이 지긋한 여성이 적극적으로 나섰다.

"그럴 것이라고는 예상한 적도 없고 하고 싶지도 않아요."

그러자 그 옆에 있던 미용사였던 할머니도 고개를 끄덕였다.

"맞아요. 13세대, 60명이 살고 있어요. 아무리 협박해도 우리가 포기하지 않으면 그렇게 되지는 않을 거예요. 우선은 여론이 용서하지 않아요."

"그런데 그쪽은 무슨 짓이든 하니까 말이죠."

간호사였던 할머니가 700명 이상의 기동대와 밀치락달치락했던 강제 측량 때의 일을 떠올렸다. 말뚝을 박아서야 되겠느냐고 머리띠를 두르고 시위하는 곳에 기동대가 우르르 몰려왔다.

"죽이려면 죽여라."

경찰과 몸싸움을 하며 고함쳤고, 결국은 한 사람씩 붙잡혀 논으로 내던져졌다.

"정말, 목숨 걸고 싸웠지."

미용사였던 할머니도 고개를 끄덕끄덕했다. 그 뒤로 작은 초소를 만들어서 24시간 망을 보았다. 그때 현의 직원이 몇 번이고 창 너머로 설득하러 찾아왔다.

"댐을 만들게 도와주세요."

"우리는 죽어도 물러서지 않아. 우리를 죽여서라도 댐만 만들면 된다는 거냐."

모두가 한목소리로 단호히 거절했다.

"그 마음은 지금도 변함없어요."

고개를 끄덕이며 듣고 있던 아버지가 차분한 어조로 맞장구쳤다. 그래서 아무리 설득을 해도 유리야 마을에 계속 살고 싶다고 주장해 왔다. 그러나 반세기나 지나는 동안 조금씩 떨어져 나가는 사람이 생긴 것은 안타까운 일이었다.

"그 중 한 사람이 저의 사촌 형이죠."

아버지가 여기까지 말했을 때, 좀 전에 산소에서 다쿠미의 사고 소식을 전해 준 마을회관 옆에 사는 사람이 입을 뗐다. 건설회사에 근무했다는 사촌 형은 현 직원의 방문도 술과 음식 향응도 처음에는 딱 잘라 거절했다. 그런데 출장을 간 대마도까지 찾아와 설득했고, 함께 있던 직장 상사한테서도 댐 건설을 계속 반대하면 해고하겠다는 협박까지 당했다. 그래서 결국은 굴복하게 되었다.

"빠져나가는 사람이 생긴 게 어느덧 십 년 정도 됐죠?"

구석에서 조용히 젓가락을 움직이던 에리의 할머니도 말했다.

예전에는 23가구가 유리야 마을에서 생활했다. 바로 어제까지만 해도 예사롭게 대화를 나누며 지내던 사람이 인사도 없이 수 킬로미터 떨어진 강 하류의 대체 지구로 이사를 가 버렸다.

"그 사람들도 괴로운 선택을 한 것일 테지만……. 댐 문제는 이 지역의 인간관계까지 파괴해 버렸어요. 나는 그게 슬퍼요."

어머니가 이 마을에 사는 즐거움에 대해 어린아이처럼 높고 천진난만한 어투로 토로했다.

"저는요, 아침마다 작은 새들이 지저귀는 소리에 눈을 떠요. 이건 돈으로도 바꿀 수 없는 즐거움이에요. 그러니까 아무리 협박하고 몰아붙여도 저는 여기서 한 발짝도 움직이지 않을 거예요."

그러자 아이를 데리고 온 여성도 낮은 목소리로 말하기 시작했다.

"저는 사세보 번화가의 뒷골목에서 자랐는데요. 여기로 시집와서 이시키강이 흐르는 소리가 들리는 곳에서 아이를 키울 수 있어 날마다 행복을 느끼고 있어요. 지금 아이들이 오리를 키우고 있는데, 앞서거니 뒤서거니 하며 길을 건너 강으로 놀러 갔다가 저녁에는 다시 함께 돌아와요. 그 모습이 정말 귀여워서 아무리 봐도 질리지 않아요. 최근에는 새끼 염소도 기르기 시작했어요. 공기도 물도 깨끗하고, 쌀도 채소도 자급자족하고, 요즘 같은 계절에는 수천 마리나 되는 반딧불이가 춤을 추죠. 얼마 전 반딧불이 축제에는 여기저기서 수백 명이나 되는 사람이 모였어요. 여기는 우리의 고향이라기보다 영원히 남기고 싶은 모두의 이상향이라고 생각해요."

아이 엄마의 이야기가 끝나기를 기다렸다는 듯이 에리가 입을 열었다.

"저기, 저도 엉뚱한 말과 행동을 하는 사람이긴 하지만, 이런 저를 유리야 마을 사람들은 따뜻하게 받아 주었고 살아갈 힘을 길러 주었어요. 여기에서 살면서부터 제가 나날이 해방되고 있어요. 특별히 힘들게 노력한 것도 없는데 어째서일까 하고 생각해 보니, 이 마을에서는 모두가 힘을 합쳐 하나의 목적을 위해 싸우고 있기 때문이라는 것을 깨달았어요. 나이 든 할아버지와 할머니들이 마치 젊은이처럼 젊게 현실에 맞서고 있고요. 저도 이기기 어려울 것 같다며 구경만 하고 있을 수는 없다고 생각하기 시작했어요. 그래서 할머니와 함께 시위에 참여해 봤어요. 아직은 체력도 담력도 할머니에게는 못 당하겠지만요. 그래도 몸을 움직이고 주민을 괴롭히는 이들에게 저항하고 있다는 보람을 느낄 수 있어서 좋았어요. 아무리 생각해도 올가을까지 농지도 집도 넘겨주어야 한다니 너무해요. 이건 주권 재민, 민주주의에 어긋납니다. 사람에게는 거주권이 있습니다. 저, 여기에 계속 살기 위해서라면 무슨 일이든 하고 싶습니다."

또렷한 음성을 바로 옆에서 들으며, 노보루는 훌륭한 결의의 표명이구나 하고 감동했다. 에리의 말이 끝나자 여기저기서 박수가 나왔다.

"뭔가 기합이 들어간 것 같네."

노보루도 투덜거리면서 합장을 하듯이 두 손을 모았다.

이때였다. 다쿠미의 아버지가 비스듬히 앞에서 말을 걸어왔다.

"노보루, 자네도 가만있지 말고, 뭔가 말을 해 보지 그래?"

"맞아. 오늘은 네 환영회나 마찬가지니까."

"그래, 그래."

몇 사람이 재촉을 하자 노보루는 잠시 생각을 한 뒤 입에서 나오는 대로 말했다.

"돌아올 수 있는 고향이 있어서 저는 행복합니다. 하지만 내년에는 어떻게 되는 걸까요? 무엇을 할 수 있을지 잘 모르겠지만 꼭 알맞은 때에 돌아와서 다행이라고 할까……."

여기까지 말하고 나서 말문이 막혔다.

"기대하고 있어요. 화가 씨, 우리 유리야 마을의 천재."

목수였던 할아버지의 놀리는 듯한 말투에 살짝 불끈했지만, 그냥 하고 싶은 대로 말하시라고 생각하며 흘려듣기로 했다.

"자, 이제 재판에 관한 회의를 시작합시다."

입구 쪽에서 기다리던 커다란 체격의 마을 대표가 인쇄해 온 유인물을 나눠주기 시작했다. 댐 건설 사업의 인정 취소와 공사 금지 소송, 두 재판의 경과 보고와 다음 구두변론 기일이 쓰여 있었다. 대표의 대범한 목소리가 울려 퍼지기 시작했다.

"우리가 사는 유리야 마을은 예로부터 사람들이 두려워하던 경사면 붕괴, 토석류 등의 산사태가 전혀 없는 살기 좋은 곳입니다. 중심가로 나가는 데도 차로 십 분이면 되고, 맛있는 물이 솟아나고, 공기가 단, 그야말로 가장 살기 좋은 곳에 사는 우리는 누구 한 명도 이곳을 떠나고 싶지 않습니다. 그러나 잡동사니처럼 우리 주민을 쫓아내는 절차가 전부 마무리되었습니다. 그렇다고 해서 이 땅에 계속해서 살고자 하는 우리가 납득할 수 없는 이 같은 사태에 그냥 따를 수는 없습니다. 애당초 현은 주민의 동의를 얻은 다음 댐 건설에 착수하겠다고 약속했는데도 말입니다."

노보루는 고개를 끄덕였다. 대표가 말한 것처럼 주민을 속여서 강행하는 데다 사세보시의 물 수요 예측이 과대하고, 가와타나강도 범람하지 않도록 이미 개수되어 있다면, 이 댐을 만들 필요는 없었다. 댐이 생기면 우리 집과 농지를 빼앗기는 것으로 끝나지 않는다. 반딧불이가 춤추는 이 아름답고 풍요로운 자연을 잃어버리는 것이다.

때마침 창밖의 어둠 속에서 아이들의 환호성이 들려왔다. 곤충

망을 휘두르며 반딧불이를 쫓고 있었다. 노보루는 아이들 소리에 이끌리듯 일어서서 창가에 섰다. 어둠 속에 반딧불이 떼가 별똥별 같은 황금빛 반달 모양의 선을 여러 개 그려 내고 있었다. 노보루는 소름 끼치는 감동을 느끼며 무심결에 감탄했다.

"와! 반딧불이 수가 점점 늘고 있다. 댐을 만들지 말라고 분노하며 떼 지어 모여드는 것 같다."

그때 주머니 속 휴대전화에서 곤줄박이 울음소리 벨이 울리기 시작했다.

7

가즈요시였다. 일이 빨리 끝나서 자가용으로 급히 달려 역 근처까지 왔으니 나오라고 했다. 상점가 중간쯤에 있는 스낵 바에서 만나기로 했다.

스낵 바 안으로 들어서니, 가즈요시는 테이블석에 앉아 작은 수첩을 펼쳐 놓고 뺨을 찌르며 무언가를 생각하는 듯했다.

"오랜만이다."

노보루가 맞은편에 앉으며 인사했다.

"몸이 아프다고? 그러고 보니 안색이 안 좋구나. 어떤 상태야?"

가즈요시는 여전히 동안인데, 피로가 조금 배어 있는 얼굴로 말했다. 노보루는 악몽에 시달려 편히 잠을 못 잔다고 했다.

"응. 그랬구나. 하지만 나는 더 무서운 꿈을 꿔."

가즈요시가 말했다.

"그 사고 뒤로. 자동차가 불타오르고 불덩어리가 되는 꿈이야."

노보루는 사고 이야기를 듣자, 가슴께가 콱 막힌 듯한 기분이 들었다.

"들었어. 다쿠미 일……. 어째서 머리 좋고 날렵했던 그 녀석이 그런 일을 당해야만 했던 건지."

가즈요시는 온순한 표정으로 고개를 끄덕이며 작게 한숨을 내쉬었다. 그러고는 혼잣말처럼 중얼거렸다.

사고 소식을 듣고 사회면에 다쿠미의 사망 기사를 쓸 때는 손이 떨리고 눈물이 멈추지 않았다. 평소에 다쿠미는 매스컴이 댐 건설 반대 운동을 작게 다룬다고 비판했다. 정부의 입장을 대변하는 듯한 뉴스가 주로 보도되는 상황에도 화가 났던 것이다. 그래서 기사를 두고 말다툼을 한 적이 종종 있으며, 사고가 난 날에도 다쿠미에게 전화가 와서 밤에 만나자고 했지만 다음 기회에 만나자고 거절했다.

"막다른 데까지 몰린 이 괴로움은 여기 사는 사람밖에는 모르는 거야?"

다쿠미가 전화를 끊기 전에 쓸쓸하게 중얼거린 이 말이 마지막으로 들은 목소리였다. 사고가 난 지 3개월이 지났지만 아직 다쿠미의 휴대전화 번호를 지우지 못했다. 그날 저녁에 만나기로 약속을 했더라면 다쿠미는 사세보에 와 있었을 테니 사고를 피했을 거라는 생각이 지금도 머릿속에서 떠나지 않는다. 하지만 그날도 가즈요시는 일에 쫓겼다. 육상 자위대(自衛隊)* 아이노우라(相浦)** 주둔지에 수륙기동단(水陸機動団)이 편성된 지 곧 1주년이 되어 사세보 지사에서는 '변해 가는 자위대'라는 테마로 특집 기사를 준비하고 있었다. 이 기동단은 바다에서 육지로 공격을 가하는 수륙양용강습차량(水陸両用強襲車輌)에 대비하는 일본판 해병대라 할 수 있다. 가즈요시의 생각에는 전수방위(專守防衛)***를 넘어선 장비와 부대였다. 그래서 전직 자위관(自衛官)을 찾아가 그 어느 때보다 열심히 취재하고 있었다. 또한 사세보항으로 돌출된 반도 사키베(崎辺) 지구도 새롭게 정비되고 있어 그쪽 취재도 긴장을 놓을 수 없었다.

"네가 중요한 취재 때문에 쫓기듯 일하고 있었다는 것은 충분히 알겠어. 하지만 다쿠미의 사고는 너와는 무관하게 일어난 일이야."

다쿠미를 만나지 않았던 이유를 끊임없이 변명하는 가즈요시에

---

* 일본의 국방 조직. 육상, 해상, 항공의 3대로 이루어진다.
** 일본 나가사키현 사세보시에 있는 자위대의 기지.
*** 오직 방어만을 위해 무력을 쓰는 일.

게 노보루는 말했다. 그리고 다쿠미가 걱정했을 법한 일에 대해 이야기했다. 수천 명 규모라는 부대와 그 가족이 사세보시로 들어오면 당연히 인구가 증가하여 물 수요도 늘어날 것이다. 함정(艦艇)에 물을 보급하는 문제도 새롭게 불거져 나올지 모른다. 혹시 방위성이 현과 사세보시에 무리한 요구를 강요하고 있는 것은 아닐까.

"모르겠는걸, 그런 건. 어쨌든 공공사업이란 건 한번 결정되면 어찌할 도리가 없으니까."

가즈요시는 눈살을 찌푸리더니 뜸을 들이다가 이렇게 주장하기 시작했다.

애초에 사세보는 미군의 다목적 강습상륙함의 모항이며 해외 원정 부대의 기지인데, 최근에 사세보에 거주하고 있는 미군과 가족, 군무원의 수가 점령기*를 제외하고는 사상 최고로 증가하고 있다. 기지에 새롭게 일본 수륙기동단이 배치되었다는 것은 앞으로 미군과 함께 출격할 수 있는 최전선 기지가 생겼다는 의미다. 무슨 일이 생겼을 때 물 수요가 엄청나게 높아질 가능성이 있다.

"이시키댐에 대한 정부와 현의 집착은 대단하니까 말이야. 그 놀랄 만한 자취를 살펴보건대 그런 추리도 가능할지 모르겠군."

---

* 일제의 패전(패망) 후, 1945년 9월 2일부터 샌프란시스코 강화조약이 발효된 1952년 4월 28일까지 연합군이 일본에 주둔한 기간을 말한다.

여기까지 말하고 가즈요시는 다시 뭐라 표현할 수 없는 표정을 지으며 천천히 고개를 흔들었다.

"그건 그렇고……."

가즈요시가 다시 다쿠미의 사고에 대해 이야기했다,

다쿠미가 사고를 당한 3월 초순은 아직 밤에는 추워서, 알고 보니 난방을 켜고 잠들었다고 했다. 그 때문에 시동이 켜진 상태였다. 술도 마셨고 뒷좌석에서 깊은 잠에 빠진 상태에서 차가 불타올랐다.

"M사는 조의금 5만 엔을 보냈다고 하는데, 그런 식으로 끝내다니 참을 수가 없어. 게다가 지금도 마음에 걸리는 것은……."

가즈요시는 목소리를 낮춰 소곤소곤 말했다.

믿고 의지했던 재판도 1심에서 패소 판결이 났고, 고향에 계속 살고 싶은 마음이 남달리 강했던 다쿠미는 상당히 침울해 있었다. 수면 장애 때문에 일하는 데도 영향을 끼칠 거라고 투덜거리기도 했다.

"그런데 난 다쿠미의 이야기를 차분히 들어주려 하지 않았어."

가르요시의 다시 얕은 한숨을 내쉬며 표정이 어두워졌다.

노보루는 뭐라고 대답해야 할지 몰라 그저 눈앞에 있는 맥주를 연거푸 들이켤 뿐이었다.

"어머, 어머. 왜 그래요? 둘 다 그런 풀 죽은 얼굴을 하고. 나까지 우울해지잖아요."

벽에 붙어 있는 고쿠조산 사진을 멍하니 보고 있자니 계산대 안쪽에서 낙낙한 여자 말투가 날아왔다. 정신을 차리고 보니 이목구비가 크고 풍채가 훌륭한 중년의 남성이었다.

"이봐요. 언제까지 끙끙 앓아야 직성이 풀리겠어요? 그런 태도, 다쿠미 씨에게 공양은 되지 않아요. 여러분은 살아 있다고요. 그것만으로도 엄청난 일이에요. 감사히 생각하며 힘을 내라고요. 네?"

"참 귀도 밝아요."

가즈요시가 그쪽을 비스듬히 바라보며 작게 으르렁거렸다.

"하지만 이건 나의 장점이에요. 저기, 두 사람은 오랜만에 만나는 것 같은데 우선은 만남을 거하게 축하하는 게 어때요? 그리고 중요한 이시키댐 이야기를 해야죠."

"그건 그렇죠."

가즈요시는 아하하하 웃으며 노보루의 컵에 맥주를 채웠다.

"여기 주인은 말이지, 항상 좋은 조언을 해 주고, 기삿거리도 제공해 줘. 분명한 건 아무리 괴로워한들 다쿠미는 돌아오지 않아. 그럼, 그렇지, 노보루. 자, 이제 너에게 물어봐도 될까? 오랜만에 유리야 마을에 돌아온 느낌은 어때?"

"그렇게 정색하고 물어볼 것까지야."

노보루가 투덜거렸다.

"뭐, 잠이 덜 깬 얼굴을 얻어맞은 기분이야. 어쨌든 여기 사는 육십 명의 주민을 억지로 쫓아낸다는 건 있을 수 없는 일이야. 서쪽 끝의 벽촌에서 일어나는 인권 침해를 모른 척하면, 같은 일이 일본 전역에서 벌어질 거야. 강제적으로 토지나 가옥을 빼앗긴 것은 확실히 전쟁 중에 벌어졌던 일이라고 할머니가 말씀하셨어. 그런데 지금은 평화 헌법을 가진 민주주의 사회잖아. 그러니까 가즈요시, 이시키 댐에 관해서 주민의 입장에서 확실하게 보도해 줘."

"또, 다쿠미랑 같은 말을 하네. 너야말로 언제까지 있을 건지는 모르겠지만 고향을 위해서 조금은 움직일 거지?"

가즈요시가 오히려 덤벼들었다.

"자자, 조급하게 굴지 마. 나는 어제 막 귀향한 상이군인이라고."

노보루는 방어 태세를 흩뜨리지 않았다.

"아아, 그렇지. 미안, 미안."

가즈요시는 진저에일을 주문하고 혼잣말처럼 댐 건설에 대한 의문을 털어놓았다.

가즈요시의 부모님은 이미 돌아가셨고 아내는 도시를 좋아한다. 고향에 돌아갈 일은 없다. 그러나 댐을 만드는 데는 절대 반대한다. 반딧불이가 춤추는 일본의 그리운 풍경은 자손을 위해 반드시 남기고 싶다. 큰비가 내릴 때 댐에서 방류를 해서 오히려 홍

수가 난 사례를 들었고, 이시키댐이 생기면 오무라만으로 흘러 들어가는 강물의 수질이 떨어지고, 어패류에도 영향을 미칠 것이다. 게다가 댐 건설 비용은 국민의 세금으로 충당해야 한다.

"어떻게 하든지 지사가 행정 대집행을 하지 않기를 바라고 있어."

가즈요시는 진저에일을 한 모금 입에 댄 뒤 계속 말을 이었다.

"다쿠미의 경우는 사고였지만, 고향에서 쫓겨나면 살 수 없는 사람도 있을지 몰라. 아니, 분명히 있을 거야. 노인이 아니라도……. 그런 주민을 강제로 쫓아내는 것은 절대로 해서는 안 되는 일이지."

노보루는 고개를 끄덕이며 듣고 있었다. 고향이 사라지면 자신도 삶의 버팀목을 잃게 될 사람 중 하나라고 생각했다.

어느새 노보루는 자기만의 생각에 빠져들었다. 아직 젊은 줄 알았는데 벌써 마흔다섯, 불혹의 나이가 되었다고 생각하니 소름이 돋았다. 이 나이가 되도록 자신은 두서없는 생활을 해 왔던가. 할머니의 죽음으로 사람은 반드시 죽는다는 사실을 실감했으나, 설마 동급생인 다쿠미가 그토록 비참하게 죽으리라고는……. 언제 어디에서 무슨 일이 일어날지 알 수 없는 일이다. 그렇다면 남은 인생을 조금이라도 후회 없이 살고 싶었다.

"안녕하세요?"

입구 쪽에서 사람들의 목소리가 들려왔다. 반딧불이 채집을 하고 돌아오는 길일 것이다. 밀짚으로 엮은 작은 반딧불이 바구니를 손에 들고 있었다. 주위가 갑자기 시끌벅적해졌다.

"이제 그만 일어설까."

가즈요시가 손목시계를 보며 말했다. 지금부터 운전해서 사세보에 있는 아파트로 돌아간다고 했다.

"그럼, 조만간 또 보자."

바에서 나와 악수를 나누었다.

"어때? 오늘 밤에도 전차에 치이는 꿈을 꿀 것 같아?"

"글쎄, 네가 수륙기동단 이야기를 했으니까 더 무서운 꿈을 꿀지도 모르지."

가즈요시를 배웅하고 상점가를 걸었다. 오가는 사람도 없고, 가끔 퇴근하는 승용차가 지나갈 뿐 한산했다. 노보루는 택시 승차장으로 가며 생각했다. 다쿠미와 그러한 복잡한 사연이 있어 가즈요시는 오늘 밤 무리해서 시간을 쪼개어 달려온 것일지도 모른다.

8

노보루는 어느새 어린아이로 돌아갔다. 그리고 지금 꿈을 꾸고 있다는 것도 알았다. 옆에는 새까맣게 그을린 골목대장 다쿠미가 있다. 울보에다 뚱뚱보였던 가즈요시도 있다. 세 아이는 번갈아 강물에 뛰어들어 놀고 있다. 햇빛은 눈이 부시고 물속에는 물고기가 한가득 헤엄치고 있다. 함께 헤엄치는 사이 자신도 물고기가 되었다는 사실을 깨닫는다. 어느새 주위가 빨갛게 석양으로 물든다. 집에 돌아가야 한다. 물가로 올라왔으나 다쿠미와 가즈요시가 보이지 않는다. 두리번거리는데 근처 나뭇가지에 앉아 있던 백로가 "캄캄해진다. 서둘러." 하고 다쿠미의 목소리로 말한다. "가즈요시는?" 하고 물으니, "먼저 돌아갔어. 산으로." 하고 대답한다. 이때 노보루는 자신도 백로 한 마리가 되어 있는 걸 알아차린다. 양쪽 날개를 힘껏 퍼덕이며 공중으로 날아오른다. 석양을 등지고 고쿠조산으로 난다. 아래는 유리야 마을 촌락이 붉게 물든 채 펼쳐져 있다. 어느새 밤이 되었다. 금빛 띠 여러 가닥이 눈앞을 스치기 시작한다. 반딧불이다.

"좋아. 이번에는 반딧불이로 변신해야지." 다쿠미의 한 마디에 반딧불이로 변신한다. 우리 몸이 하나의 광원이 된 것을 느낀다. 다른 반딧불이보다 조금이라도 더 오래 눈에 띄게 빛나려고 애를 쓴다.

시간이 얼마나 지났을까.

"삐리리 뽀이히 삐삐, 삐루리"

어디에선가 표현할 수 없을 정도로 아름다운 새 소리가 들려왔다.

'이 소리는 혹시······.'

노보루는 눈을 뜨고 바스스 일어났다. 커튼 뒤 창문 너머 감나무 꼭대기에 눈길이 멈추었다. 오오, 오오. 노보루는 감탄의 소리를 질렀다. 삐죽이 나온 가지 끝에서 지저귀고 있는 것은 날개가 선명한 푸른색의 작은 새, 큰유리새*가 아닌가. 숲속 계곡 상류에서 이따금 볼 수 있는 이 여름새가 사람이 사는 집 마당에 찾아오는 일은 드물었다. 뚫어지게 쳐다보고 있으니 휙 날아올라 순식간에 시야에서 사라져 버렸다.

아아, 아름다운 새를 봤다 하고 눈을 깜빡였다. 아직 꿈결인가. 어젯밤에는 어린 시절에 쓰던 방에서 잠을 잔 탓인지 나이에 어울리지 않는 동화 같은 꿈을 꾸었다. 물고기와 새, 반딧불이가 되는 꿈이었다. 세상을 떠난 다쿠미가 보여 준 꿈이라는 생각이 들었다. 자신은 이 세상을 떠났지만 여러 가지 생명체로 모습을 바꿔 지금도 살아 있다고 말하고 싶었던 것은 아닐까. 그렇게 생각하니 방금 감나무 가지에서 울던 큰유리새도 다쿠미였던 것 같은 기분이 들었다. 거실로 내려가니 아무도 없었다. 아버지도 어머니도 시위하러 나간 것 같았다. 유리산 너머에서는 역시 우당탕탕 우르

---

* 딱새과에 속하는 여름 철새.

131

르 도로 공사를 하는 소음이 들려왔다. 현실로 되돌아오니 불안과 조바심이 밀려왔다.

저 소리가 날이 갈수록 가까워지다 불도저가 우리 집을 뭉개 버린단 말인가. 이를 손 놓고 보고만 있을 것인가. 이곳에 살려면 이대로 끝낼 수는 없을 것이다. 그러나 노보루 자신은 나약했다. 아버지와 어머니처럼 몸을 던져 중장비에 맞서는 데는 거부감이 들었고, 오랜 시간에 걸쳐 시위를 할 체력도 없었다. 그렇다면 무슨 일을 할 수 있을까. 금방은 좋은 생각이 떠오르지 않아 머리를 싸맸다. 좀 전에 봤던 큰유리새를 다시 한번 보고 싶고, 어떤 음악에도 비길 수 없는 그 새의 지저귐을 다시 한번 듣고 싶다는 생각만이 솟아올랐다. 이제 막 고향에 돌아온 참이니, 오늘은 이런 자신이라도 용서받을 수 있겠지. 허둥지둥 아침 식사를 마치고, 쌍안경과 작은 카메라를 윗도리 주머니에 넣고 집을 나섰다. 이시키 강을 끼고 완만한 비탈길을 오르자 등산로 입구 근처의 맑은 물이 솟아나는 곳에 '고쿠조산의 물'이라는 나무 푯말이 세워져 있었다. 물을 길러 온 차가 몇 대 늘어서 있었다. 노보루도 들러서 물바가지로 물을 떠 마셨다. 역시 고쿠조산에서 난 물은 맛있다. 긴장이 풀리고 마음이 편안해진 상태로 조금 더 올라가니 윗마을 아주머니가 밭일하던 손을 멈추고 말을 걸어왔다.

"어디로 가는 거니?"

"파랑새를 찾으려고. 오늘 아침 큰유리새를 봤거든요."

"뭐라고? 좀 전에도 그렇게 말하며 올라간 사람이 있었어. 두 사람이 일행이었는데."

아주머니가 웃었다.

한참을 걸어 양쪽 기슭에 갯버들이 수북하게 자라고 있는 곳까지 왔다. 그늘진 바위에 걸터앉아 기다리기로 했다. 그때 지나가던 차가 멈추더니 창문이 열렸다.

"노보루, 한가롭네. 시위에 참여해야지."

멧돼지 사냥을 하는 전직 목수 할아버지였다.

"조만간 갈게요. 오늘은 충전 중이요."

노보루는 겸연쩍은 웃음을 띠며 답했다.

"자네는 계속 충전 중이잖아."

변함없이 따끔하게 말하면서도 하하하 웃으며 할아버지는 어깨를 으쓱해 보였다.

어디 두고 보자. 마음속으로 중얼거리면서 일어섰다. 작은 돌멩이를 하나 주워, 툭 하고 맞은편 기슭에 던졌다. 일에 쫓기지 않고 그저 무언가를 기다리는 시간이 얼마나 풍요롭고 행복한지.

그 사이 노보루의 머릿속에는 한 폭의 그림이 떠올랐다. 산마루에서 시뻘건 태양이 얼굴을 내밀고 유리야 마을이 점점 밝아지자, 이시키강의 맑은 물이 길고 가느다란 뱀처럼 너울진다. 가장 상류에 있는 다리 건너에 멋진 2층짜리 서양식 집이 있다. 다쿠미의 생가다. 다쿠미의 아버지가 산에서 나무를 해다 지은 집이다. 차에 올라타려는 사람은 다쿠미의 형이다. 새벽에 사세보에 있는 조선소로 출근한다. 그러고 보니 바로 집 앞 논에서는 일찍 일어난 다쿠미의 아버지가 벌써 무언가를 하고 있다. 논 가장자리에는 다쿠미가 세운 혈서 같은 글귀가 춤추는 커다란 간판이 있다. 강 아래쪽에 있는 우리 집에서도 아버지가 나와서 논밭 순찰을 시작한다. 에리는 허브밭에서 노래를 부르게 할까. 온갖 생명들의 찬가가 들려오는 듯한 그림을 그리고 싶은데, 생명 있는 것의 일종인 사람은 개미처럼 작게 표현하자. 그리고 아침 햇살을 받아 불그스름한 풍경 속에 행복의 상징인 파랑새를 화면 곳곳에 배치하자. 제목은 '파랑새가 있는 마을'이라고 하면 어떨까? 물론 물고기와 곤충들, 이름 모를 풀꽃도 그려 넣는다. 전부 큼직하게 그리자.

작품은 아무래도 어린아이의 그림 같을 것이다. 노보루의 그림은 예나 지금이나 조금도 변함이 없는지도 모른다. 화가가 되고자 했으나 꿈이 깨져 버린 뒤에도 마음속에는 항상 그리고 싶은 그림이 있었다. 그것은 고향의 자연을 하늘에서 내려다보는 형태로 담아내는 것이다. 자신의 몸도 마음도 고향에서 자라났다는 것을 새삼 실감하는 지금, 마음속에 깊이 자리 잡고 있는 고쿠조산과 이시키강에 살고 있는 생물들을 빠짐없이 그리고 싶었다. 고쿠조산의 정상에 수없이 올랐기 때문일까, 땅에서 벗어나 공중을 나는 느낌이 기억난다. 그렇다. 오늘 아침 꿈에서 본 새처럼 하늘에서 바라본 고향을 그리는 거다. 여기서 붓을 쥔 손이 멈춘다. 내 고향에는 전쟁의 흔적이 있고, 공사 현장에서 대형 중장비가 제 세상인 양 돌아다닌다. 아무래도 그런 모습은 그려 넣고 싶지 않다. 머릿속의 그림은 점차 백지로 되돌아간다.

"아랫집 오빠 아녜요?"

이때 활기찬 여자 목소리가 들렸다. 가장 가까운 나무 그림자에서 모습을 드러낸 것은 분홍빛 티셔츠에 청바지를 입은 에리였다.

"열띤 눈빛으로 중얼거리면서 여기서 뭐 하는 거예요?"

그 뒤에는 조금 어둡지만 반듯한 얼굴의 깡마른 젊은이가 서 있었다. 그렇구나, 먼저 올라간 두 사람이 에리와 젊은이였다.

"무엇과도 바꿀 수 없는 보물인 고향의 자연을 말이야, 머릿속 캔버스에 그리고 있었어."

노보루는 천천히 대답했다.

"와, 그 그림 나도 보고 싶다. 언제 완성되는 거예요?"

에리가 들뜬 목소리로 물었다.

"어제 저녁에는 그렇게 결의 표명을 하더니, 오늘은 왜 시위에 가지 않았니?"

"파랑새가 여기로 불렀는걸요. 대학 선배가 갑자기 찾아오기도 했고요."

그제야 에리는 뾰로퉁하며 곁에 있는 젊은이를 소개했다.

"내가 갑자기 찾아왔다고? 네가 곧바로 와 달라고 메일을 보냈잖아."

젊은이가 투덜댔다.

"그렇지만 영감이 떠오른걸요. 좋은 생각이."

응석 부리는 목소리로 에리는 계속 말했다.

"그래서 선배가 왔을 때, 오늘 내가 일어나자마자 본 파랑새 이야기를 했어요. 그런데 선배가 믿지를 않는 거예요. 그런 새가 있을 리 없다고요. 하지만 나는 이 눈으로 분명히 봤다고요. 묘한 새소리도 들었어요. 선배가 그 새를 꼭 보고 싶다고 해서 이시키강의 본줄기를 찾아 산에 오르기 시작한 거예요. 그런데 선배가 금방 지쳐 떨어졌어요. 그래서 조금 쉬고 있던 참이에요."

여기까지 말하고는 에리는 무언가 이상한지 킥킥 웃기 시작했다.

"코발트블루 보석처럼 반짝이는 깃털을 가진 새가 정말 여기에 있을까?"

젊은이가 중얼거렸다.

"있어요. 저도 봤어요. 그래서 두 사람 뒤를 쫓아가는 것처럼 되었지만, 여기까지 올라온 거예요."

노보루는 분명히 말했다.

"거봐요. 그렇다 해도 오빠랑 저는 행동 패턴이 비슷하네요. 신기해요."

입버릇처럼 신기하다는 말을 내뱉는 에리가 고개를 움츠렸다.

"그래서 오빠는 계속 유리야 마을에 살 거예요?"

에리가 바위에 걸터앉아 온화한 눈길로 노보루를 바라보며 물었다.

"글쎄."

지금까지 고향에서 도망쳤지만, 마음 깊은 곳에서는 늘 고향을 그리워했다는 사실을 깨달았다. 돌아와 보니 고향 사람들은 반세기 이상이나 오래전부터 댐 건설 반대 투쟁을 줄기차게 이어 오고 있었다. 하룻밤 사이에 더는 모른 척할 수 없다고 생각하기 시작했다. 아버지는 지병이 악화된 것 같았고, 어릴 적 친구 다쿠미는 투쟁 끝에 사고로 죽었다. 늦었지만 자신도 댐 건설에 반대하는 생각을 태도로 나타내야겠다고 생각하던 참이었다.

"그렇다는 것은……."

여기서 잠깐 고개를 갸웃하던 에리가 다그쳤다.

"고향 사람들과 행동을 같이 하겠다는 거죠? 시위나 재판 방청이나."

그 말을 듣고 노보루는 후우 한숨을 쉬고 대답했다.

"머지않아 말이지. 지금은, 뭐, 내가 당장 할 수 있는 일이라면 온라인 교류 사이트에서 지원을 호소하는 일. 그리고 무언가 행사할 때 광고지를 제작하는 정도의 일은 자신 있는데."

그때였다. 지금까지 다른 쪽을 보고 있던 젊은이가 얼굴을 획 돌렸다. 그러고는 서두르는 말투로 말했다.

"아, 그러면 바로 부탁드리고 싶은 것이 있는데요."

"뭐죠? 갑자기."

첫인상보다 약빠른 느낌이 드는 젊은이의 얼굴을 바라보았다.

"실은 저희 포스터와 광고지를 디자인해 줄 사람이 필요하거든요."

에리가 선배를 대신해 대답하며 싱긋 웃었다. 왜냐하면 대학 가을 축제 때 할 연극을 이시키댐 건설 반대 운동의 오리지널극으로 바꾸었기 때문이었다. 공사 현장에서의 시위나 재판에서 주민이 진술하는 장면도 있었다. 선배가 대본을 쓰고, 연출을 하며, 댐 건설에 반대하는 땅 소유권자인 주연을 맡는다. 에리는 그 아내 역할을 맡을 생각이라고 했다.

"햄릿보다는 이쪽으로 가자고 제가 방금 제안했고, 선배도 받아들였어요. 댐 건설에 반대하는 투쟁의 역사임과 동시에 부부애에 관한 이야기이기도 해요, 이거. 여기까지 걸어오는 동안에 결정된 거예요. 그렇죠?"

에리가 해맑은 미소로 선배를 올려다보았다. 재빠른 전개다. 역시 젊은 사람은 다르구나 하고, 감탄하면서 노보루는 들뜬 목소리로 대답했다.

"고향의 투쟁을 연극으로 올린다고? 그런 연극을 돕는 일이라면 기꺼이 해야지."

포스터에는 지금 머릿속에 그린 그림을 사용하면 좋겠다. 삼나무 꼭대기라든가, 숲속이라든가, 강기슭의 낭떠러지 등 그림 곳곳에 행복을 불러온다는 파랑새를 배치했으니 안성맞춤이었다. 이 그림은 고향에 대한 찬가인 동시에 한때 댐 건설 반대에 정열을 쏟았지만 지금은 세상을 떠난 친구에게 바치는 진혼을 담고 있었다.

노보루가 의기양양하게 말하고 있을 때였다. 에리가 오른손을 동그랗게 오므려 귀 가까이에 갖다 대고 무언가에 귀를 기울였다. 그러고는 집게손가락을 입술 위에 살짝 갖다 댔다. 노보루는 숨을 죽였다. 이때였다.

"쭈삐삐 삐삐쭈 지지 쭈삐 쭈삐지지."

비길 데 없이 고운 울음소리가 귀에 들려왔다. 오오, 역시 있었다. 거리는 조금 떨어져 있었지만, 강기슭에 선 팽나무 가지 끝에서 파랑새가 자랑스럽게 자신의 존재를 뽐내고 있었다. 카메라를 들이대려 하자 울음소리를 뚝 그치며 깍깍깍 소리를 내더니 숲속으로 모습을 감추었다.

"아아, 행복했어.

"몹시 감동한 에리가 말하자, 젊은이도 혼잣말을 하듯이 중얼거렸다.

"한순간이었지만, 나는 깃털 색깔보다 울음소리에 반해 버렸어."

그러고는 유유히 내 쪽으로 고개를 돌리면서 말했다.

"그 '파랑새가 있는 마을' 빨리 그려서 보여 주세요."

"알겠어. 바로 그리기 시작할게."

노보루는 자신이 고향에서 계속 살아갈 작은 계기를 붙잡은 것 같은 생각이 들었다.

그들의 삶과 기억을 함께 나누고 전하는
두 편의 이야기

작가 오우라 후미코(大浦ふみこ)는 1941년 나가사키현 사세보시에서 태어나, 1961년 부터 2002년까지 약 40년간 나가사키 방송국(NBC)에서 일한 언론인이다. 그녀는 자연스레 나가사키현에서 벌어지는 다양한 사회적 현안을 접할 수 있었고, 이를 소설이라는 형식을 통해 작품 속에 생생하게 묘사했다. 1970년에 일본 민주주의 문학 동맹(이후, 일본민주주의문학회로 개칭)에 가입하여 월간지 《민주문학》을 거점으로 작품을 발표하기 시작했으며, 나가사키현을 무대로 하여 그곳에서 벌어지는 다양한 문제와 그곳에 사는 사람들의 삶과 실상을 생생하게 담아내는 데 주력했다.

〈증언자〉와 〈이시키강 강변〉 두 편의 단편 소설을 엮어 한 권의 책으로 펴낸 《누구도 빼앗지 마라》(원제: かたりべ, 2021) 역시 그의 작품 세계를 잘 보여 주고 있다.

첫 작품 〈증언자〉의 원제이기도 한 '가타리베(かたりべ)'란 어떤 사건이나 자신이 경험한 것을 이야기로 풀어 사람들에게 전하는

활동을 하는 사람을 가리킨다. 일본에서는 히로시마·나가사키 원자폭탄 피해자를 비롯하여, 미나마타병 피해 생존자, 동일본 대지진과 핵발전소 폭발 참사 생존자 등이 미경험자나 후세대에 구전으로 자신의 경험과 역사적 사건을 증언하는 가타리베로 활동하고 있다. 한국어로는 증언자로 번역된다.

〈증언자〉는 나가사키시의 어느 고등학교에 비정규직 영어 교사로 부임한 마쓰야마 에이지가 재일한국인 원폭 피해자 유영수를 만나면서 듣게 된 충격적인 이야기를 소재로 하고 있다. 소설은 일제 식민지 시대의 조선인 강제 동원 및 조선인 원폭 피해자의 실상과 그로 인한 '자이니치'(재일 조선인·한국인을 포괄하는 명칭)의 아픔을 그려 냈다. 작품에 등장하는 유영수는 실제로 14세에 경상남도 의령에서 일본 나가사키의 탄광섬 하시마(군함도)로 강제 동원된 고(故) 서정우 씨의 삶을 소재로 한 것이다. 해방 후에도 일본에 남아 자이니치로 살아갈 수밖에 없었던 서정우 씨는 하시마에서 가혹한 강제 노역에 시달리다, 미쓰비시 조선소로 전환 배치되어 그곳에서 원폭을 경험했다. 그는 전쟁과 핵무기의 잔혹함뿐 아니라, 일제의 식민 지배와 강제 동원, 이후의 민족 차별 문제를 절절하게 고발한 시대의 증언자였다.

작품 속에서는 조선인 원폭 피해자의 실상을 처음 알고 충격과 함께 부끄러움과 죄책감을 느끼는 젊은 일본인 교사, 조선인 원폭 피해자 문제를 널리 알리고자 분투하는 연극부원 학생, 조선인은 거짓말쟁이라거나 재일 외국인이 일본의 원폭 피해자 지원법에 기반한 원조를 받는 것은 세금 낭비라고 차별적인 발언을 하는 인물, 하시마에는 일본인 노동자도 많이 살았는데 왜 하필 조선인 이야기를 연극으로 만드냐며 그런 것은 아무도 보러 가지 않을 거라고 압력을 가하는 학부모 등 다양한 인물 군상이 등장한다. 또 일본의 가해의 역사를 고발하는 고려자료관이 등장하여 연극부원 시라이시가 그곳을 방문해 조선인 강제 동원과 원폭 피해 문제를 공부하고 위안부 피해 여성의 이야기를 접하기도 하는데, 이 자료관 역시 나가사키시에 있는 나가사키 평화자료관을 모델로 하고 있다.

"원폭보다 민족 차별이 더 무서웠다"는 작품 속 인물 유영수의 절규는 일제 식민지 지배와 조국의 분단과 전쟁으로 일본 사회에 남아 살 수밖에 없었던 자이니치(在日)가 겪은 차별과 배제, 고난에 가득 찬 삶을 상징하는 대사라 할 수 있다.

두 번째 소설 〈이시키강변〉은 산 좋고 물 맑고, 초여름에는 반딧불이 수천 마리가 춤추며 날아다니는 옛 산간 농촌 풍경을 그대로 간직한 유리야 마을을 무대로 하고 있다. 대대로 그곳에서 농사짓고 살아온 주민을 강제로 쫓아내고 댐 건설을 강행하려는 정부 권력에 맞서 고향을 지키겠다고 반세기 동안 싸워 온 마을 주민의 이야기를 소재로 삼았다.

고교 졸업 후 도쿄로 상경하여 20년 동안 광고 회사에서 근무하며, 고향의 일은 수수방관한 채 지내던 야기 노보루는 심신의 건강을 해친 끝에 다시 고향인 유리야 마을로 돌아온다. 고향에 돌아온 노보루는 부모님과 함께 고향의 자연과 그곳 사람들의 삶을 통해 다시 살아갈 힘과 위로를 얻게 된다. 그리고 댐 건설 반대 운동에 앞장서 치열하게 살아온 동창생의 죽음에 충격을 받음과 동시에, 고향을 지키고자 하는 주민들의 삶에 감동하여 자신도 고향 땅이 수몰되면 살아갈 힘을 잃을 사람 중 한 명임을 자각하게 된다. 그리하여 자신도 방관자의 입장을 떠나 무엇인가 해야겠다는 다짐과 함께 고향의 풍경을 그림 속에 담기 시작한다.

이시키강(石木川)은 나가사키현 가와타나초(長崎県川棚町)에 있는 실제 강 이름이며, 이 강이 흐르는 코바루(川原) 마을에 정부는 댐을 지으려고 하는데 댐이 건설되면 이 마을은 물속에 잠겨 영원히 사라지고 만다. 정부는 1962년부터 이곳에 댐 건설을 계획하기 시작했고, 1975년 댐 건설을 공식 사업으로 채택했다. 이때 주민들은 소설 속 노보루의 아버지도 참여했을 '반대 동맹'을 결성하여 필사적으로 맞서 싸웠다. 저항 운동이 가장 격렬했던 때는 1982년이다. 이때 정부는 기동대까지 투입하여 강제 측량을 하려 했고, 이에 맞서 온몸으로 저항한 주민들을 강제로 끌어내어 연행하기도 했다. 당시 67세대 200여 명의 주민이 한마음으로 싸웠으나, 수십 년이 지나는 동안 지쳐 포기하고 고향을 떠난 사람들이 늘기 시작해 지금은 13세대만이 끝까지 남아 저항을 이어 가고 있다.

독자 여러분이 두 작품을 통해 일제 강제 동원과 핵무기, 민족 차별에 시달리며 맞서 싸워 온 나가사키 재일조선인과 한국인의 아픔, 그리고 이시키강 강변 마을에 살아가는 주민들의 삶과 투쟁에 더 가까이 다가갈 수 있기를 바란다.

끝으로, 일본어 원서의 한국어판 출간에 앞장서 노력하시고 저자와 출판사, 번역자 사이를 오가며 소통의 창구 역할을 해 주신 나가사키의 평화활동가 기무라 히데토 선생님께도 감사를 전한다. 한국어에 능통한 기무라 선생님은 일본어 원서의 한국어 번역 원고를 여러 번 함께 검토해 주셨으며, 때마다 좋은 의견을 주셨다. 책의 완성도를 위해 작은 것 하나에도 정성을 다하는 출판사에도 감사드린다.

2023년 여름에,

전은옥

진실을 공유하며 함께 격려하며
나아가는 것

강제병합 100년의 의미를 피부로 느끼기 위하여 아힘나평화학
교 아이들을 인솔하여 2010년 서일본지역에서의 7박 8일간의 강
제병합 수학여행을 기획한 일이 있었습니다. 이 여행은 또 하나의
프로젝트이기도 했습니다. 강제노동의 역사를 기억하게 하는 야
하타 제철, 지쿠호오석탄박물관, 고쿠라탄광 그리고 오다야마묘
지를 통해 조선인노동자들이 흘렸을 고된 땀방울을 알게 되었습
니다. 갱도 아래 뜨거운 막장에서 고된 노동을 견디다 못해 마지
막 거친 숨을 몰아쉬며 생을 마감하며 흘렸을 검은 눈물이, 일본
의 패전으로 한시라도 빨리 고국 땅을 밟고자 배를 빌려 현해탄을
건너다 태풍에 전복된 바닷속에서 답답한 숨을 참다 혼절해가며
소리조차 내지를 수 없었던 그 고통을 오다야마 언덕의 솟대가 위
로하고 있었습니다.

우리는 비로소 '죽은 자들의 권리'에 눈을 뜨고 '소리없는 소리'에
막힌 귀가 열리게 되었습니다. 나가사키를 배경으로 소설《까마귀》

를 쓴 한수산 작가님을 초대하였습니다. 이 토론에 오카마사하루 평화자료관의 청소년 회원들도 참여하였습니다. 한일 청소년들이 같은 책을 읽고 어두운 역사의 이야기를 어떻게 바라보아야 할 것인지에 대해 초청 작가를 모시고 서로의 생각을 말하는 자리였습니다.

저는 이 책의 〈증언자〉를 읽으며 저자 오우라 후미코가 어린 시절에 만난 일본 제국의 태평양 전쟁과 원폭의 경험은 그의 성장 시기에 적지 않은 영향을 주었을 것이라 생각했습니다. 나가사키 주민들에게 원폭의 경험은 '혼돈' 그 자체였습니다. '무엇이 산 것이고, 무엇이 죽은 것인지', '무엇이 옳은 일이고, 무엇이 잘못된 일이었는지', 그야말로 평범한 소시민들에게 들이닥친 제국주의의 국가폭력과 생명을 말살하는 가공할 전쟁의 파괴력 앞에서 무엇을 선택할 수 있는 가치관에 따라 결정할 수 있는 힘이 얼마나 되었을까요? 소설 속 에이지의 할아버지는 국가의 선택은 언제나 옳은 것이라 믿고 살아 온 지극히 일반적인 국민이었을 것입니다. 그러니 내가 믿는 국가가 강제노동을 강요했을 이유도 없고 그런 사실은 더욱 없었을 것이라 믿었겠지요. 저자는 특별한 사람들이 강제노동의 역사를 부인하는 것이 아니라 에이지의 할아버지처럼 아주 가까운 자신의 가족들과 같은 지극히 일반적인 사람들임을 드러내고 있었을 것입니다.

과거의 역사를 한 편의 연극으로 공연하기 위해 애쓰는 것으로 묘사되는 세이보학원 교사들에게서 역사를 직시하고 일본제국주의의 범죄를 고발하는 시민들의 얼굴들이 스쳐 갔습니다. 그러면서 문득 나가사키 원폭지를 유창한 한국어로 안내하시는 기무라 선생님이 생각났습니다. 휴우가 묘소 앞에서 수많은 조선인 이주노동자들이 자신의 존재를 알릴 수 있는 신원조차 땅에 묻혀 번호로만 묘비에 남은 것만으로도 감지덕지, 반려동물에게도 있는 작은 추도기념물조차 없이, 울퉁불퉁 보타이시(ぼた石, 폐광석)로 묻힌 곳 앞에서 자신이 죽을 때까지 종교인으로서 그 신원을 밝혀내고 싶다던 이누까이 목사님도 생각났습니다.

세이보 학원이 기획한 연극이 공연되지 못함은 일본 정부의 과거사를 부정하는 현실의 반영으로 보였습니다. 그럼에도 포기하지 않고 '유영수'와 같은 재일조선인들 앞에서라도 진실을 공유하는 것이 어쩌면 저자의 '始務'였을 것이라 이해되었습니다.

〈이시키강 강변〉의 댐공사와 맞서 싸우는 주민들의 이야기에서 저자 오우라 후미코는 거대한 국가조직과 기업의 이익을 위해 지역주민들의 생존을 위협하고 뭇 생명들의 존엄을 짓이기는 자본주의의 잔혹함에 대항하는 이들을 가족이나 가까운 벗들로 묘사하고 있습니다. 더구나 그나마 지도력을 발휘했던 마을의 리더들은 사라지고 병들어 고향을 찾아온 노부로를 통해 '파랑새가 있는 마을'이라는 희망의 유토피아를 포기하지 않는 것만으로도 가치 있는 것임을 보여주고 있습니다.

〈이시키강 강변〉의 유토피아를 생각하다 십여년 전 일본 쥬고쿠전력회사가 가미노세키에 원전을 건설하는 것을 반대하는 하트 모양의 작은 섬 이와이시마에 몇 번이나 갔던 일이 생각났습니다. 형제만 남은 작은 초등학교가 운영되고 있는 점도 놀라웠고, 매주 월요일 돌담을 돌며 반원전투쟁을 이어오고 있는 섬사람들의 의지도 놀라웠습니다. 그리고 마을축제로 쥬고쿠전력회사와의 투쟁을 펼쳐가는 것도 놀라웠습니다. 무엇보다 주인을 알아보는 빨간 돼지들의 애교와 이것을 질투하는 강아지들의 모습, 섬 산을 노랗게 물들이던 비파열매, 속이 풀리는 톳으로 만든 차향은 어쩌면 〈이시키강 강변〉이 꿈꾸는 '파랑새가 살아가는 마을'이지 않았을까 하고 생각했습니다.

저는 이 책을 읽으며 내가 선택한 일은 그 일의 성과에 성패를 묻지 않으며, 묵묵히 자신이 선택한 일을 후회하지 않고 스스로를 격려하며 힘이 다할 때까지 하는 것도 매우 값진 일이란 것을 책을 덮으며 고개를 몇 번이고 끄덕였습니다. 그리고 한동안 차 한 잔을 아주 천천히 마시며 음미하였습니다.

김종수 관장 (기억과 평화를 위한 1923역사관)

누구도 빼앗지 마라

재일 한국인 원폭 피해자와 고향을 지키려는 사람들의 삶과 기억

초판 1쇄 펴낸 날 | 2023년 10월 24일

지은이 | 오우라 후미코
옮긴이 | 전은옥

펴낸이 | 권인수　**브랜드** | 책숲　**출판등록** | 2011년 5월 30일(제2023-000111호)
주소 | (우)03940 서울시 마포구 모래내로7길 38 2층 202-5호(성산동, 137-3)
전화 | 070-8879-5026　**팩스** | 02-337-5026　**이메일** | booknforest@naver.com
블로그 | https://blog.naver.com/dotoribook
인스타그램 | @acorn_forest_book

공급처 도토리숲 | (전화 070-8879-5026, 팩스 02-337-5026)

기획편집 | 권병재　**디자인** | 김은란

ⓒ 오우라 후미코, 2023
한국어판출판권 ⓒ 도토리숲(책숲) 2023

ISBN 979-86342-66-4　03830

지은이_ **오우라 후미코(大浦ふみ子)**

소설가. 1941년 사세보에서 태어나고 자랐다. 약 40년간 나가사키 방송국(NBC)에서 일했고, 1979년 '일본민주주의문학동맹(일본민주주의문학회)'에 가입하여 《민슈분가쿠(民主文學)》를 거점으로 작품을 발표하기 시작했다. 주로, 나가사키현을 무대로 하여 이 지역에서 발생한 다양한 문제와 그곳에 사는 사람들의 실상을 다룬 작품을 집필했다.

저서로 《火砕流(화쇄류)》(1992), 《長崎原爆松谷訴訟(나가사키 원폭 마쓰타니 소송)》(1992), 《ひたいに光る星(이마에 빛나는 별)》(1993)(青慈社), 《土石流(토석류)》(1994), 《匣の中(상자 속)》(2004), 《ながい金曜日(긴 금요일)》(2006), 《夏の雫(여름의 물방울)》(2010), 《原潜記者(핵잠수함 기자)》(2012), 《ふるさと咄(아! 고향)》(2014), 《埋もれた足跡(파묻힌 발자국)》(2015), 《サクラ花の下(벚꽃 아래)》(2016), 《噴火のあとさき(분화 전후)》(2018), 《燠火(잉걸불)》(2019)(光陽出版社), 《女たちの時間(여자들의 시간)》(1998), 《いもうと(여동생)》(1995)(韋書房), 《歪められた同心円(일그러진 동심원)》(2011, 本の泉社) 들이 있다.

옮긴이_ **전은옥**

대학에서 국어국문학을 공부하고, 나눔문화, 한국 원폭2세피해자 김형률추모사업회, 합천평화의집 등의 시민사회단체에서 활동했다. 일본의 '가해'의 역사를 고발하는 나가사키 평화자료관의 객원연구원(2009~2010)을 지낸 바 있으며, 옮긴 책으로는 《오직 한길로》(오카 마사하루, 세상의 소금, 2015), 《군함도에 귀를 기울이면-하시마에 강제 연행된 조선인과 중국인의 기록》(나가사키 재일조선인의 인권을 지키는 모임, 선인, 2017, 공역), 《흔들림 없는 역사 인식》(다카자네 야스노리, 삶창, 2021)이 있다. 현재는 어린아이를 키우는 엄마의 삶에 고군분투하며 인간의 길, 생명의 길을 새롭게 배워가고 있다.